在祖国大地上浪漫地行走

杨志学 著

河南文艺出版社
·郑州·

图书在版编目（CIP）数据

在祖国大地上浪漫地行走/杨志学著. —郑州:河南文艺出版社,2019.10（2020.9重印）

ISBN 978-7-5559-0878-4

Ⅰ.①在… Ⅱ.①杨… Ⅲ.①诗集–中国–当代

Ⅳ.①I227

中国版本图书馆 CIP 数据核字（2019）第 182282 号

出版发行	河南文艺出版社
本社地址	郑州市郑东新区祥盛街 27 号 C 座 5 楼
邮政编码	450018
承印单位	河南瑞之光印刷股份有限公司
经销单位	新华书店
纸张规格	890 毫米×1240 毫米 1/32
印　张	8
字　数	190 000
版　次	2019 年 10 月第 1 版
印　次	2020 年 9 月第 2 次印刷
定　价	38.00 元

目 录

第二辑　在祖国大地上浪漫地行走

在祖国大地上浪漫地行走

以自己的歌唱汇入时代的交响

——序杨志学诗集《在祖国大地上浪漫地行走》

吉狄马加

杨志学主要是以诗歌评论家和诗歌编选家的身份而为人所知的,然而在我浏览了他的诗集书稿《在祖国大地上浪漫地行走》之后,我觉得,实际上,杨志学首先是一个早就开始了诗歌写作之旅的诗人。他是因为爱诗、写诗,然后走上诗歌教学和诗歌编辑岗位的,然后又读了诗歌理论方向的博士而得以进一步深造。在诗歌编辑、研究的本职工作之外,他从未真正停止过诗歌创作,这本诗集《在祖国大地上浪漫地行走》便可见出杨志学诗歌写作的基本面貌。

《在祖国大地上浪漫地行走》所收作品,多数属于作者近年来的创作,但也有少量早年诗作,其中最早的写于 1984 年,彼时正值诗歌黄金年代,"伟大的 80 年代"正如火如荼的时期。杨志学其时二十岁出头,恰值青春年少,风华正茂,正是属于诗歌的年纪,这种时代与个人之间的遭逢可以说是可遇而不可求的,对杨志学有着至关重要的影响。可以说,20 世纪 80 年代以来的浪漫主义色彩构成了杨志学诗歌的基调和底色,他诗歌的主题、内容甚至表达方式、语言方式等都与此有着密切的关联。总体而言,杨志学的诗歌具有较强的抒情性,真挚,热烈,有感而发,贴近生活。他的诗是飞翔的,但不是挥斥方遒、搏击长空,而是低调、内敛的,像是"贴着地面的低空飞翔"。从

20世纪80年代中期开始诗歌写作到现在,已经过去了三十多年。在这期间,中国诗歌发生了天翻地覆的变化,诗歌主潮、诗歌美学也已发生数度更迭,而杨志学也已从"弱冠"来到了"知天命"之年。三十多年中杨志学的诗歌也有一些变化,称得上宽阔、丰富、多样,但他诗中抒情的、带有浪漫主义色彩的基调一直没变。"感人心者,莫先乎情",诗歌终归不应丢失其抒情的特质。一定程度上,杨志学正是以不变应万变。近年来,许多诗人追新逐异、标榜"先锋",但其中的相当部分恐怕只是徒具其表,缺乏内在的支撑。相比之下,杨志学这种风格的诗歌写作表面看起来似乎略显传统,却是路子更正、更扎实,并有可能走得更远的写作。

如果从题材、主题角度对这本诗集中的作品进行划分,这部集子里不乏浪漫的纪游诗、深沉的怀人诗、温馨的亲情诗、纯真的恋情诗等,还有一些聚焦理想信念的作品,类型较为丰富。在诗歌的风格与美学上,杨志学曾在诗中表达了对于"清新"的心仪:"我要把清新当作动词/让那不清新的变得清新/让已经清新的变得更加清新"(《我想取个写诗的笔名叫杨清新》)。实际上,"清新"的确是杨志学所追求的诗歌特质之一,他也在较大程度上实现了这一目标。比如他的一首只有四行的短诗《月亮》:"月亮若不在天上/或许她就在水里//如果她也不在水里/我想,她会在你的心里",在场景的转变中包含了丰富的情感,寥寥数语却有着很强的艺术张力。再比如他的《恋爱》一诗:"你,就这样呈现在我的面前/明亮的眼睛,别致的衣衫//望着公园里波动的湖水,沉默/沉默,也难掩内心的慌乱//一些话似有似无/片断而零乱//不知道如何划动小船/不知道让船儿怎样靠岸",这首诗也不长,却把恋爱中人那种复杂、纠结的心理状况传神地表达了出来,让人印象深刻。

杨志学的诗歌，主要是以个人、个体为本位来观照世界、抒发情感的，力求清新、自然、生动。当然，这与他对社会议题、宏大事件的抒写并不矛盾。杨志学是有着宽广的视野和深切的关怀的，比如在诗歌《让我们祈福》中，作者祈福的对象就包括了小草、河流、森林、天空、日月星辰、大地、人类……诗人胸怀之"大"于此可见一斑。集子中一些作品看似粗放或漫不经心，而细读之下是不难发现作者的深刻寓意的，如《为什么要去敬亭山》《缆车》《骑马进入朱仙镇》《山顶上的雪》等篇什，读来便均有令人回味和思考之余地。杨志学曾长期在部队工作，他也写下了一些充满军旅情怀的作品，如《关于四渡赤水》《补课》《第一步》等，均见出取材和构思上的灵动特点。同时，他对于地震、奥运、冰雪灾害等也都有自己的一定关注和抒写。这类主旋律特质的作品充满时代感和正能量，也为时代所呼唤和期待，但要处理好并不容易。杨志学的处理值得借鉴，比如《三只鹰》等诗作的表达便颇有特点。

　　诗歌，在每一个爱诗人的心目中都有着至高无上的地位。在怀念屈原的作品《端午节想起一个人》中，杨志学将诗称为"回荡在宇宙间的一支歌"——"一支最自由、最深沉、最光彩的旋律"，我想这应该也是所有爱诗人的一种心声。诗歌如此"自由""深沉""光彩"，值得我们每一个人去追寻、吟咏，徜徉其中。与诗同行，对个人而言是一种幸福、慰藉和提升，他会因此拥有更丰富、更美好的精神世界。扩而言之，诗人以自己的歌唱汇入时代的交响，他的社会价值也于此得以更好地显现。

　　以此小序，祝贺杨志学诗集的出版！

2019 年春于北京

第一辑

集合起山一般的信念

补课

生活在首都
却不知道于都

知道长江
却不知道贡江

知道长征
却不知长征的出发地

惭愧啊,到于都补课吧!
去找寻红军的身影和足迹

问博物馆里的讲解员:
在于都,还有红军的后代吧?

答曰:这里的人
基本上都是红军的后人

坏了,又问了个傻问题
看来真得静下心,好好补课

第一步

都知道红军长征两万五,但不一定
都知道红军在于都河畔迈出了第一步

如今说起来似乎有些轻松和眉飞色舞
而当时的抉择,却是多么不易甚至有些痛楚

不知道前面还有多少道沟沟坎坎
清楚的是,必须要摆脱眼前的险滩急流

这是一次又一次血的教训换来的一步啊
这是主动放弃地盘,开始漫漫曲折征程的第一步

今天的于都河,多么清新妩媚,已经
很难想象当年的波涛和波涛上空翻卷的云雾

东门渡口,南门渡口,西门渡口……
八个渡口也是很难复原了,但它们可以默默讲述

更有高大的红军出发纪念碑矗立河畔、直指苍穹
像是庄严宣谕:长征第一步,是决定中国命运的一步!

关于四渡赤水

为什么要渡赤水
为了甩掉敌人

为什么要二渡
因为敌人不容易甩掉

为什么还要三渡
为了迷惑敌人

为什么又要四渡
为了化被动为主动

四渡之后
就四通八达了

到赤水河走一走

到赤水河走一走
想一想历史上的险滩、急流
那曾经的厮杀、曾经的奔走……

沿赤水河走一走
看她水质甘甜,酿出上等好酒
听她流水潺潺,跳荡着诗一般的节奏

在赤水河走一走
洗一洗懦弱自私和一切腐朽的念头
巍巍丰碑,绝不能坍塌在后代不肖子孙之手

我写不出习水的美

习水,你山绿水也清
我却画不出你的形
习水,你水甜酒亦香
我却传达不出你的味

还有更难的,比如习水的人情
像那习酒一样醇厚
如今到此一走,有了切身体会
虽然道不明白,但会铭记在心头

最是那红军精神、英雄壮举
像那赤水河日夜在流
赤水之战,刻在了历史的河道上
想想如今的曲折,又算得了什么

写不完习水的特殊和神奇
道不尽其中变与不变的道理
习水之行是一次溯源之旅
补充养分,是历史的也是现实的

井冈山革命博物馆

草鞋在柜子里发光
马灯在柜子里闪亮
一本书,在展柜里诉说
一支枪,在展柜里鸣响

一件件旧物,映出
红色岁月中的艰难

玻璃隔在先辈和我之间
里是苦,外是甜
我想,这些静物
都是极易擦燃的火焰
燃烧在无数人的心坎,烧掉
人间的冷漠和世俗的杂念

在历史与现实之间穿行
我补充着精神的盘缠

长征：写实或写意

冰雪　冰雪　冰雪
火光　火光　火光

冰雪是现实的阻隔
而火光也不是幻觉——
或者是野外篝火取暖
或者是心中坚守的信念

为了保存火种不致熄灭
主动放弃与敌人交战
却要去面对另外的敌人
与大自然的风霜雨雪相依相伴

摆脱了敌人的围追堵截
却甩不掉饥饿和环境的凶险
却也因此创造了世间奇迹
像冰雪悬崖上绽放出血色杜鹃

再厚的坚冰也可以融化
只要内心里有足够的火焰

冰雪　你尽管严峻吧

火光就在前面　就在前面……

在龙州重走红军路

一条路,保持着当年的幽深
莫非为了把红军的足迹永久珍存

一条路,保持着当年的曲折
莫非为了检验后人艰苦奋斗的本色

我们上路了。天气骤变,风雨大作
好啊,暴风雨,你来得正是时候
雨中行进,我们可以更好地练一练腿脚
走在前面的,是两名昂首挺胸的旗手

身穿红军服,行走一段后兵分两路
循着设计的路线,走过树林后再去会师
一个同志摔倒了,爬起来继续前进
遇到危险难行的路段,"战友"们相互扶持

一个上午的行军,走得饥渴劳顿
在一个休息点,吃到了老乡备好的茶饭
与乡亲共话今昔,想起当年鱼水情深
再上路,呼吸着雨后清新,品味着苦中甘甜

在凭祥

物品在口岸涌流
人和车在两国间奔走

历经风雨,友谊关威严高耸
绿色的山林是一道道城墙

古月照今月,今人问古人
凭祥,凭祥,凭借什么可永葆吉祥

骑马进入朱仙镇

时间的风,空间的云
我要骑马进入朱仙镇

走路太慢,免不了饥渴劳顿
飞机太快,又无法把目标靠近
汽车过于喧闹,乘船离不开水道
仔细思忖,骑马进入最契合我的身心

骑马可以让我纵横驰骋
骑马可以让我自由地穿梭
骑马可以让我零距离融入祖国大地
骑马可以让我无间隙地走进古人的生活

从刀耕火种的小村,到朱亥的聚仙名镇
文明的演进在这里留下了清晰的脉络
从春秋时期的征讨,到南宋岳家军朱仙大捷
一场场战火,淬炼着朱仙镇英勇不屈的性格

如今硝烟远逝,国家安定祥和
我骑马来到这里,缱绻逗留

古代的战马,早不知去了何处
我的马儿亲吻着泥土,怎么也爱不够

时间的风,空间的云
看我骑马进入朱仙镇,品读千古名镇的神韵

在祖国大地上浪漫地行走

雄关怀古

庄重肃穆的雄关
旌旗高扬的雄关

白云悠悠,瀚海茫茫
古代戍边的战士
多少人埋骨沙场

多少封家书
永远停在了路上……

想象拒马河

像千万头雄狮,在吼叫
似千万只猛虎,在奔跑

这是原初的巨马河
"巨"乃"巨大"之"巨"

得自然之造化,气象混沌
以天地之巨手,书写灵动的一笔

穿山越岭,曲折而东,水势汹涌
如一道天然屏障,护佑大汉民族

偏有羯族首领如石勒者不信
倚仗其兵强马壮,南下入侵

结果中了刘琨将军的连环绊马计
在水中人仰马翻

就这样,巨马河成了拒马河
昭示着侵略者必败的神圣逻辑

如今的拒马河,已不见昔日威猛
温柔似新娘,清新如少女

人们在享受着它的祥和与宁静
未来的拒马河,是否还有马可拒?

山楂已红，秋色正浓

山楂的颜色我熟悉
只是，只是今天我才似乎真正注意到
它竟然红得那样淳朴、纯正而又彻底
这是那种本色的红、忘我的红

它又红得那样饱满而热烈
当我看到它们悬挂枝头
与绿叶打成一片、连在一起
这分明又让我感觉到
它的红，还是那种有生命力的红
凝视它们，我想到了
生命与生命的联系以及
生命与养分的关系

望着树上红红的山楂
圆圆的山楂、可爱的山楂
我猛然又发现
枝头的山楂
一束束，一团团
抱得紧紧的

是的，它们是一个集体、一个整体
一团团山楂是一个小的集体
一棵树上的山楂是个稍大一点儿的集体
满山坡的山楂，是个不容忽视的更大的集体

蓝天下，山楂挂满枝头
以沉甸甸的果实
向世界呈示自己的形象和实力

燕山下，集合起山一般的信念
——中直党校学习有感

燕山脚下，有这样一个特殊的校园
燕山脚下，有这个属于我们的特殊家园

一双双手，暂放下手里的工作
一双双脚步，迈向重新出发的起跑线

刚刚安顿下，就领略了越过南口的
呼啸的风，其实并不可怕，因为

我们来这里，本就是为了
向侵蚀我们的各种敌人勇敢地宣战

我们来这里，本就是为了应对
现代生活下新的热风冷雨的重重考验

在这里，重温当年的誓言
在这里，重读光芒不熄的经典

想想井冈山时候的复杂与危险
想想延安时期的自信和乐观

日子苦得久了,盼的是甘甜
如今生活花一样好,意志可曾衰减?

燕山下,集合起山一般的信念
一滴水融进江河,不再孤单

风雨中挺起脊梁,向远方
远方,是无限辽阔的地平线

既然成了那个德国伟人的信徒
就该庄严承诺:做心怀天下的共产党员

沂蒙红嫂

本是一群再平常不过的女人
只想过着平平淡淡的日子
而这点最基本最简单的愿望
却被侵略者的铁蹄踏碎了

苦命的女人,命运如蓬草
谁能保护你们?
最后的危急时刻
只能靠自己,靠自己的人
靠你们的奶水养大了的子弟兵

子弟兵有自己的领队人
如茫茫黑夜,亮起一盏灯
女人们也有了盼头
踏上一条求解放的路程

一颗心有了牵挂
日夜牵挂着自己的子弟兵
子弟兵负伤,命悬一线之际
是你们的乳汁再次给了他生命

在沂蒙,有多少这样的红嫂
王换于,李凤兰,王桂花,明德英……
在 20 世纪 40 年代的中国大地上
一束束坚韧的蓬草铺展开生命的茂盛

孔子墓前

林木成海
那是博大精深的象征

松柏常青
那是生命不朽的证明

土丘巍然隆起
难以测度的是思想的高峰

孔子与红嫂

孔子与红嫂
看似风马牛不相及,其实
一根红线串通了两千多年的距离

这根红线就是仁义
——人民军队人民爱
而前提是:人民军队爱人民

沂蒙风光美,军民一家亲
中国共产党人最讲仁义
对孔子学说做了淋漓尽致的发挥——

把爱全给了亲人,而把恨化作枪弹
狠狠打击敌人,这就是仁政的完整含义

孔子与红嫂,木杖与火炬
两千多年的时空对接
看起来遥远,实际上也很近

万源之源

以前，我只知道
绿色的万源
她巍峨的大山
是万亩森林的来源
她山上的泉眼
是一万道圣洁泉水的来源

今天，我又知道了
红色的万源
万源保卫战，是今天
和平劳动的一泓源泉，是我们
一万年幸福生活的一泓源泉

圣地万源，我朝拜你
就像我朝拜延安和井冈山
饮水思源，我们如何报答万源
毕竟我们只有一个万源
唯一的，不可复制的万源

三只鹰

献给在 2008 年冰雪灾害中为抢修电网而光荣殉职的周景华、罗
长明、罗海文三烈士。

——题记

三只鹰
丝毫未去想有什么危险
不加犹疑地向上攀缘,冲锋
站成鹰的姿势

三只鹰
意外地从空中坠落

三只坠落的雄鹰
开出三枝壮美的花朵

三只鹰掉在
僵硬的雪地,加快了
冰雪融化的过程

三只鹰
是三个为了他人更好地活着的人

雪后活着的人

会永远把他们抬举到鹰的高度

2008 年 2 月 14 日

他们在冰上行走

一群人民警察
他们在冰上行走

不是溜冰
不是领略自然奇景

人民养育千日
今日又到了用兵一时的关口

他们在厚厚的冰上行走
要去把受困的兄弟姐妹搭救

被困的人群盼来了救星
似坚冰遇到了暖流

民警与群众以绳子相连
心和心紧紧相连

他们在冰上移动
温暖在绳子上传递

目光

当您拥有一个大国太阳般的荣耀
也就挑起了这个国家泰山般的重量

——题记

当灾难突降,我又一次看到您
焦虑的目光:那里有宁静中的波浪
沉稳中,透出不容置疑的力量

深情的目光,牵挂灾民的凝望
严肃中包含着百倍的慈祥
它化作无数人箭一般的步伐
它化作一个国家有力的臂膀

我们不再把领袖当作神灵,然而
望着您父亲般慈爱的眼神
我们不能不献上我们崇敬的目光

人民,您的人民信任您
信任您胜过一切言语的目光
——从那里,人们看到

在祖国大地上浪漫地行走

深深的忧虑,和殷殷的瞩望

也看到为一切灾难所不能扑灭的光焰

永远闪耀在我们的前方……

写于 2008 年"5·12"大地震发生之后

奥运是诗

——写给我热爱的 2008 年北京奥运会

鸟巢的构造不是诗吗？
水立方的形式不是诗吗？

开幕式的表演多美妙
运动员的入场多壮观
鸟巢上空腾起的焰火多美呀！

全球的火炬传递不是一首诗吗？
李宁的最后点火不是一首诗吗？
胡主席的宣布开幕不是最激动人心的诗吗？

每一个奥运志愿者都是一首火热的诗
北京街头的每一辆公交车都是一首流动的诗
当然，奥运赛场的一场场比赛
那可都是一首首可圈可点的诗啊！

总之，北京的奥运会——
从它恢宏的整体
到其有血有肉的局部
无不构成一支支奋进的旋律

一首首或大或小、或刚或柔、动人心弦的诗

既如此,我又有什么理由
可以写出比它本身更好的句子

当然,我也并不惭愧
因为我心中充满了自豪

2008 年 8 月

向海之路

京台高速,一条崭新的高速
奠基日,它引来了多少
心灵的遐想和目光的关注

京承路比较短,远不能
和它相比拟,它的长度
还远远超过大家熟悉的京沪

像京藏路一样,它也是通向
遥远的边陲,但二者
方向不同,路径也是大为悬殊

区别于天路,这是一条
向海之路:从北京出发,漫漫长路
穿山越岭,越过海峡,感受到海风吹拂

无疑,台北是这条高速的终点
筑路者已经动土,期待着建成通车之日
看两岸中国人,会洒下多少激动的泪珠

黄河

暗夜里响着她的涛声
黎明中看到她的巨浪
远隔千里万里的游子
都能听到她
盖过一切声音的呼唤

坚忍的巨人
从长长的睡眠中醒来
一个坚定的声音
从大合唱里渐起、渐强
随即表明了
她的潮流和走向

斩棘的先锋
擦亮铜质的长号
船工的号子
融进时代的波涛

咆哮的长龙
从山谷向着大海流淌

奔腾的浪花
溅起两岸金黄

雄浑苍茫的大野
生长淳朴热烈的向往
响起一种乐音
好像信天游的高亢
飘来清爽的气息
仿若茉莉花的芬芳

新路

一条新拓成的路
交给了——
机动车的隆隆声响
自行车的轻轻小唱
和人们杂沓的脚步

生活,有了更好的沟通
人们因之拥抱,因之手舞足蹈
奔驰,有了轻快的速度
这是从前做梦也想象不到的跨越和进步

梦着林木的清荫
想着花草的光顾
追逐着诱人的风,前进

昨天的路
正从目光和记忆中淡出
而更新的路
将被飞奔的车轮
不断地碾出

新路,没有终点的路
新路,不可阻挡的路
中国和世界,都在瞩目

在祖国大地上浪漫地行走

让我们祈福

让我们向山野或平原上的小草祈福吧
祝福它们得到应有的抚爱和滋养
这样,它们虽然会在秋天变得萧疏
且在冬天进入休眠期,但它们依然会
在春天醒来,在夏天再度繁茂、葱茏

让我们向河流祈福吧
祝福它们拥有永不枯竭的源头
无论是波涛汹涌的大江大河,还是
欢腾跳跃的小河小溪,我们都祝愿它们
自由奔流、滋润土地、赐福人类
当然,人对河流的敬重应是必要的前提

让我们向森林祈福吧
为我们从中获得的庇护和清新的空气
以及无边的绿色和诗意

让我们向天空,向照耀人类的日月星辰祈福吧
为了那些光明和温暖,以及
年复一年的风调雨顺

让我们向大地祈福吧

这是我们繁衍生息的居所,是我们活动的舞台

愿它摆脱贫瘠走向富庶,远离灾难永远祥和

让我们向人类祈福吧

每一个同胞,每一个兄弟姐妹

都处在一条链上,让我们爱惜生命

尊重他人,尊重万物,就是最好的尊重自己

诗人之梦

这是屈原的梦——
吾既有生来禀赋之美,亦须修后天能力之美
只为民生不再多艰,虽遭遇九死而不悔
前路漫漫,上下求索,只愿吾国自强不息

这是曹植的梦——
伊人之形体,翩然若惊鸿,蜿蜒若游龙
近观其气度,含辞未吐,气若幽兰
遥望她,皎洁璀璨,像冉冉升起的朝霞

这是陶渊明的梦——
为了不违心愿,为着梦中的田园
毅然辞官归里,所幸迷途不远。看啊
一只疲倦的鸟儿,向着理想的境界,悠然地飞还

这是李白的梦——
洞天石扉,訇然中开:圣贤皆寂寞,饮者留其名
万事如东流之水,安能摧眉折腰事权贵?
不如挺胸昂首走世界,直挂云帆济沧海!

这是杜甫的梦——
但愿"朱门酒肉臭,路有冻死骨"是一场噩梦而并非现实
而"安得广厦千万间"的想法,则不要仅仅停留于梦
只要山河一统、天下太平,看老夫心花怒放、老泪纵横!

这是陆游的梦——
因为"但悲不见九州同",所以"铁马冰河入梦来"
放翁啊,几时能一放、再放?此生身老沧洲,而雄心常在
更有那经历了风和雨的梅花,香如故,志不改

这是辛弃疾的梦——
梦回吹角连营,沙场秋点兵:这是英雄壮烈之梦
梦回人远许多愁,只在梨花风雨处:这是儿女情长之梦
二者统一于"待他年,整顿乾坤事了"的赤子之心、家国之梦

这是郭沫若的梦——
看,美丽的女神降临在 20 世纪的中国,擦亮国人的眼睛
东方巨人睡醒了,要翻身了,要找回属于她的自由
涅槃的凤凰,飞翔着,歌唱着,展现出令人向往的图景

这是艾青的梦——
吹着一支从欧罗巴带回的芦笛,开始了追梦的旅程
像聂鲁达的诗复活了美洲大陆的梦想一样
你用嘶哑的喉咙歌唱太阳,呼唤东方大陆的黎明

这是戴望舒的梦——

撑着油纸伞，走进又走出雨巷，告别了哀怨彷徨

带着对丁香般姑娘的期望，牢狱中变得无比坚强

以残损之手摸索残缺的土地，也摸到了残缺中的完整和希望

…………

诗人的梦，代表了许许多多人的梦

而多少新奇的梦想，在广袤的土地上已化为现实

屈原故里随想

氤氲的气息弥漫开来
我闻到橘的芬芳了
我听到美人的轻唱了
诗人，我看到您的微笑了

橘树诗意在你的窗前
抬头即可望见
您亲手种下了
您的影子、您的步伐
您的品格和魂灵

唯因不可移植
其味才甘美异常
于世人心里生长

当我拜谒您生活的地方
您的故居已不复存在
而橘树依然茂密
就是您当年种下的那棵

端午节想起一个人

今天，我们纪念一个人
一个诗一样美好的人
一个用香草美人照亮世界的人
一个上下求索的人
一个追赶太阳想托住落日的人
一个"众人皆醉我独醒"的人
一个出淤泥而不染的人
一个力挽狂澜而不得的人
一个因投江而永生的人

因为这个人，我们
认识到，生命固然可贵
但还有比生命更重要的东西
一个人，可以遗世而独立
他的精神可以超越肉体而存在
而诗歌也可以成为民族的灵魂

今天，我们纪念这个人
这是诗人的荣耀和幸福
他不是一个人，而是无数的人

他不是一颗星,而是繁星满天
在他身后,诗人站成了一支队伍

我们看到——
陶渊明是他的补充
李白和杜甫是他的分支
陆游和辛弃疾与他一脉相承
鲁迅向他学习,郭沫若把他歌唱
闻一多和戴望舒深得他的精髓
艾青的发挥,浑厚而又酣畅淋漓
田间和光未然喊出了时代最强音

更有无数有名的、无名的诗人
像野草,生长蔓延在辽阔大地
使我们的民族生生不息

今天,隔着历史的隧道
我看到了中国诗人的父亲
把人写得如此完美的人
他生存在一切有生命力的诗行里
生命被正气灌注,被众多生命延续着

你听,你注意听,你一定会听到
那回荡在宇宙间的一支歌
一支最自由、最深沉、最光彩的旋律

端午节在清远北江乘龙舟

生活,不光要有粽子的香甜
还要有各种苦果和疗伤的药物
以及诗人超越于现实之外的想象

世界,既然有了一条条江河
也就该有多个渡口,有一艘艘
向着远方不停行进的竞渡的龙舟

春联里的中国

写春联是一种感觉
触摸中国文化的感觉

触摸对子,触摸汉字
触摸红红的纸
(伴着一种喜庆的洋溢)
同时,触摸毛笔
(有各种大小不一的毛笔呢)
还有,触摸浓浓的墨汁
在这种触摸和感受中
你像是掉进了中国文化的海洋

如果你不知深浅
不妨去写写春联吧
你可以在春联中认识中国

中国是诗词的国度
中国也是对联的国度
诗词中国,人们在吟诵
对联中国,请你来触摸

它属于根基,也属于血脉

星星

你是人间的珍珠
洒在高高的天庭
你是天上的鲜花
点缀着无垠的天坪

为了明日天空的明净
你监视着密密的云层
为了今宵天宫殿宇的安宁
你燃烧着满腔的忠诚

你超越天际的目光
俯视着人间的阴晴
想必,你是地球亲密的兄长
维护着他的繁荣与和平

作于 1984 年秋,时在解放军某部挂职锻炼

想起主席

想起主席,便想起
许多不朽的地名
韶山、井冈山、六盘山
遵义、延安、西柏坡……
每一地都蕴藏着故事,勾起回忆

想起主席
便想起一种超凡的手势
那手势是风格是言语是气质
手势下有欢呼有战栗
手势过后是天地的翻覆

想起主席
还想起许多美妙的诗句
黄洋界的炮声,沁园春的雪
橘子洲头湘江北去一万年太久只争朝夕

想起主席
又想起许多亲切熟悉的歌曲
东方红太阳升北京的金山上光芒照四方
有多少知心的话儿要对您讲啊,主席

诗人在秋天相聚

季节的黄金,金黄的季节
树上结满了我们的期待
晨光里,我们向着岛屿出发
五色花再度迷人地盛开

有多少手的付出
便有多少风中的摇曳
有多少心的仰望
便有多少鸽哨的悠扬
在这样绚丽的时节
那灿烂于枝头的
哪一片是属于你的枫叶

置身于大河之滨
倾洒你的痛苦
也炫耀你的理想
这一片天空把你覆盖
这一片葱绿把你浸染
这一片土地
永远是智慧的源泉

天空多么明净

大地如此深沉

诗人啊青春不老

怀揣梦想,在秋的世界相聚

信念如山

信念是人的骨骼
活着而无信念
岂不若行尸走肉

信念是我的本性
你看着它好像移动了
其实它一直在那里
我没有变
也许是你变了
你需要找回的不是你原来的形体
而是你原来的风采和神气

找回信念,说难也不难
顺着最初那条路往前走吧
你会看到巍峨的山,沉稳的山

信念就是这山
矗立在天地之间
矗立在许多人的心里

第二辑

在祖国大地上浪漫地行走

你是清水

你是清水,你是清水
我从北到南寻找你

你是清水,你是清水
向世人表明,你是一种有品质的水
当人喝下你的百年泉,一股清流
流进了身体,神清气爽,滋心养肺

你是清水,你是清水
用事实证明自己是毋庸置疑的活水
你流淌,你澄清,你过滤
从源头一路走来,储存到这里

你是清水,你是清水
人们在评说,你就是大自然最初的水
怀抱着清清亮亮的初心,抗拒着世间污浊
流淌出理想的水、洁净的水,流淌着永远永远的清水

你是清水,你是清水
我跋山涉水走向你,看望你,歌唱你……

关于加入清水村的申请

芙蓉般美丽的花,绽放在坪上沃野
她叫清水,外貌秀美,内心干净

当她向我发出信息
我便,迅疾,向她,靠近

经过考察,我心里产生一个想法
决定写一份申请,加入清水村——

做一个遵守清水村村规的人
做一个爱山护水之人

当我成为合格的清水人
我想,我也就成了一个

获得新的生命动力的人
一个得道而自在的人

这是否意味着,我同时也成了一个
不受时空拘囿和手握健康秘籍的人呢

像爱美人一样爱西湖

西湖,你就像

(不,你简直就是)

一个江南美人,风姿绰约

远看近看,正看侧看,你都美

不同的季节里,你有不同的味道

不同的天气和光线下,你有不同的容貌

你的脚步轻轻的

你的身材柔柔的

你的声音呢,甜甜的

没有见过你的人,会想你

见过你的人,会记住你,继续想你

而在你身边的人,幸福地保护你

你这天生丽质的美人

看得见,摸得着

而苏东坡、白居易等人

又把你转化为诗

诗的音符飘啊,飞啊

穿越时空,飞进更多人的心里

你是那种公认的美
声名远播甚至传送到了
世界各地,许多外国人都已知道
你是中国美人、杭州美人
G20 峰会后,更多不同肤色的人
喜欢上了你,他们
想要把你带走,带到
世界各种各样的地方去

但是你不走
你说:你永远属于杭州,属于中国

让人痴迷的西湖啊
我就像爱美人一样爱上了你

秋之湖

我惊诧于这独具风姿的
秋天的意境——
湖水里,微微荡漾着
金黄、深绿和橘红的倒影

清清爽爽的
是秋湖之景
恬恬淡淡的
是我和友人的心情

恬恬淡淡的
是我和友人的心情
我陶醉在这独具风姿的
秋的意境……

在祖国大地上浪漫地行走

小时候,我喜欢一个词——
云游! 多好啊
张开想象的翅膀,在蓝天云海中
自由地翱翔

当我成长为一个青年
我开始钟情于一个词——
漫游! 多美啊
迈开双腿,在祖国大地上浪漫地行走

如今,在偶然的机会,我掉进了一个词——
仙游! 啊,多么荣幸
我在亦真亦幻的人间仙境
神仙般地赋诗、喝酒

我想取个写诗的笔名叫杨清新

我的真实姓名叫杨志学

它一直陪伴着我

激励我学海泛舟,把学问做深

像老家宅院的大树,根扎得很深

现在,当我写诗

我想取个笔名叫杨清新

我要让这个名字提醒我

该以怎样的方式进入,才能

描画出这个世界的陌生和奇妙

我要把清新当作动词

让那不清新的变得清新

让已经清新的变得更加清新

清新是一种存在

它清新着我的清新

我要尽量少用形容词

因为清新不需要粉饰

当我把清新当作形容词看待时

它是一种境界——啊,多么清新!

最后,清新一定沉淀为一个名词

比如,广东有一个地方叫清新

中国有个写诗的诗人他叫杨清新

布尔津旋律

布尔津像个传说
去之前我就喜欢上了她
来了以后发现
爱她没有错,而且很正确

我听到了布尔津的旋律
我要谱写出布尔津的旋律

布尔津的风是甜甜的
就像阿勒泰水果的味道
布尔津的水是柔软的
额尔齐斯河把我的眼睛抚摸

我呼吸着布尔津清新的空气
我流连布尔津夕阳下迷人的金色

老浮桥遗址
无意透露布尔津的沧桑
中苏通航老码头
有心讲述布尔津不平凡的岁月之河

布尔津大桥,一座又一座
迎送着马车汽车,日出日落
五彩滩景区,昨天和今天的游人
传递出这里那里,生存与生活的变革

这些,都是构成布尔津的旋律啊
布尔津的旋律,就是我亲爱的祖国!

喀纳斯，江山之美

我们总是钟情于远方的陌生与神奇
这源于人对美的事物的不倦探寻

喀纳斯，你就是这样一个
超乎寻常的美的所在
娇娆、肃穆、圣洁、深邃
让多少人神往，令多少人沉醉
你这人间仙境，你的美
是超越了多少风景和多少美人的美

喀纳斯，美的精粹！
你的美是经年累月形成的
无疑，这是一种大美
正是我祖国的江山之美

眼睛知道接受
内心懂得感受
不需要绕更多的弯子
我就把这朴拙的歌唱献给你

大中原

流动着一条大河的大中原
翻涌着最辽阔麦浪的大中原
挺立着最大铁路枢纽站的大中原
把无边能量向着四周发散的大中原

大中原民风淳朴
良好的传统如群山连绵
大中原的名胜厚重而多样
历代名人贤士更是群星璀璨

最喜四十年沧桑巨变
大中原是大中国的缩影啊
叠印着中国人最具代表性的脸
在中国强大起来的链条上
大中原是不可或缺的关键一环

大中原云集了大气象
大中原积累了大经验
该变的,一定要变
不能变的,则坚守着底线

新时代,大中原又迈开大步子

在新征程的大道上书写更宏大的诗篇

在祖国大地上浪漫地行走

达州的达

达州的达,首先可以解释为"通达"
其地理位置的优越感在此表露无遗
看中国版图,达州正好处于中心
这便容易四通八达,通达神州各地

与上述解释相联系,达州的达
也可以理解为抵达或达到
它预示着勤劳而坚忍的达州人
你们想去的地方一定会抵达
你们追求的目标也注定能够达到

达州的达,还可以理解为显达、发达
它是"达则兼济天下"的注脚
它是经济发达诉求的一种直观的表达

是的,达州的达
它其实就是一种表达
是祝愿国家兴旺发达的一种表达

也许你会提问——最初

达州的"达"来自谁的创意
好吧,现在就来揭晓这个秘密
那是很久很久以前,有一个
神秘人士偶然降至这里
此人上知天文,下知地理
他的双手就那么一指
这块不免光秃荒蛮的山野
顿时万木葱茏,花香鸟语
人们称呼这个人为达人
并以达人的达字命名了这片土地

这其实是一个美丽的传说
天下哪有什么无所不能的达人
如果真有的话,这个达人
我不说,你也知道是谁
他顺遂民意,春风化雨
把好的办法送到人的手里
让温暖直达人的心里
让达州健步腾飞,快速崛起

问渠那得清如许

想起朱熹这个老夫子
有时觉得他很伟大
有时又觉得他有点好笑
这个智慧而不无迂腐的朱老夫子
这个想要"存天理,灭人欲"的人
居然能够发出这么灵动的一问
还真的让人吃了一惊

在渠县,在渠江边
我又突然想起朱熹的这一问
渠县有 2000 余年的建县史
渠江流淌的历史更长
如此悠久的资历,我想
她是经得起朱熹的这一问的

渠县的民风是清纯的
它良好的传统一直未曾中断
渠县的自然风光是清新的
它源自上天眷顾和民众爱护
渠县清如许,渠江如许清

这其中的奥秘,谁能告诉我呢

如果让我说的话,我觉得
渠江像一幅画,而比画更耐看
渠县是一首诗,又比诗更长远

与其说,她在以不变应万变
不如说她找到了变与不变的平衡点

走得快的人,固然
可以说找准找对了路子
而走得慢的,也不一定是错
因为他可能有更大的余地可以回旋

万春之光

一万顷春光洒遍万春镇
一万种春花展示各自的形象
我惊喜得来不及思考如何表达
像恋爱中的小伙子难免有些莽撞

万春是数量上的多吗?
比如万木葱茏,万花竞放
万春是空间上的阔吗?
比如万里春风,吹拂在万里路上
万春是时间上的久吗?
比如万古长青,像人的感情和思想

我匆忙地行走,要走遍万春镇
我想把万春的春色带走一些
不是为了私藏,而是为了
把它赠送给那些一直
还没有被春天光顾的地方

万春之梦

置身于万春镇,感觉有些异样
尤其是到了夜晚,灯光闪烁
恍惚中,我竟然忘记身在何处
——这是巴黎的郊区吗?
还是瑞士小镇,被转移了地方?

万春不是梦,而是现实存在
是万春人,在塑造自己新的形象

当然,我也有更高的期待——
万春,可以有借鉴
但要尽力避免模仿
可以有形似,但最终
要以神似,超然于外物和尘俗之上

万春,不是把一万个春天
统一为一个模式、一种形象
而是要把整体的春天
分解成一万种不同的模样——
一万个春天,被一万种神韵灌注

发出一万种声音,散发着一万种芬芳

是啊万春,你的梦,人类的梦
永远如影随形,在跳跃,在荡漾
如高空的星辰,一万年
闪耀着经久不息的光芒……

温江中学实验学校

离开万春镇,沿着万春路
我们来到这所初级中学
我一下子感觉到
万春好像被切换到了这里——
万里春风吹到孩子们的脸上
千万个学生的脸上春光荡漾
每个人都是一枝春天的花朵
每个人,都是春天跳跃的诗行

我走进教室,登上讲台
与孩子们交流诗歌的话题
像有神助似的
我的口才变得春风般流畅
我的面容也是少有的灿烂
还有我的声音,琴弦般悦耳舒放

我知道,这一定是
万春的吉祥之光附在了我的身上
让我完成了此生最好的一课
在我脑海中印下了这么多春天的面庞

我在依依不舍中告别了这些春花、春树

看明天,我会把万春之光

携带到新的更多更远的地方……

缆车

不知从哪一天起
我们可以不怎么费力地
登上山顶了
我们乘坐一种
叫作缆车的东西
忽悠悠上去
忽悠悠下来

在悬于半空的透明的小屋
观察山景,拍照
还可以借此小憩
或用手机通话,发信息

节省了时间和体力
却常常若有所失

山顶上的雪

山顶上的积雪
发出令人眩晕的光芒
在阳光照射下
它明晃得有些刺眼

积雪是一道风景
多少人驻足,远远观赏
有的选择角度,拍照留念

近距离观赏积雪
是另一种体验
这往往需要条件和外力
比如要有盘山公路
汽车把你载上山顶
或者要有缆车
把你从下面驮到上面
还有,直升机把你放到山顶
也是可以的
当然,也有少数登山人员
靠毅力和技术登上高山

不管以何种方式
抵达山顶，置身于积雪的光芒中
有一点是需要注意的
高处不胜寒
你得穿好衣服，保护身体

爬上山顶

每当来到一座新的山峰面前
我们常常这样对自己说
爬上山顶,一览山的全貌
到达山顶,还可以俯瞰
山下的河流、城市、村庄
在你眼前,有层次地呈现

我们有过多少次
这样的经历和体验
爬上山顶,出一身汗
在山顶上享受
沐着凉风的畅快
当然,快感也是精神上的
心里会因此多些自信

登山途中,遇到从山顶下来的家伙
他们往往会说
山上其实没什么

这话其实不对

登上山顶
视角变了,应该说
什么东西都有了

双腿多一分坚忍
两眼就多一分开阔

为什么要去敬亭山

去往敬亭山
就是指示一条回归的路径
回归自然回归山林
其实,最重要的是要回归到
一个人

人,不可能
像一只鸟儿那样飞
所以不是回归到鸟
人,也不可能像
一片云那样飘
所以也不是回归到云

人,要回归到你自己
人,要回归到一个人

从东晋陶渊明所言
性本爱丘山
到现在我们所说的
不忘初心

这之间，有没有
必然的联系

敬亭山不过是一个隐喻
人从哪里来
人又到哪里去
想好了，其实
不去敬亭山也可以
就像虔诚的穆斯林
不去麦加也可以朝圣
就像心中有佛的人
在哪里都可以得到皈依

当然，去一下会更好
实地体验或许
会带来意想不到的欢喜
去一趟敬亭山可能
会帮助你找到真正的自己
敬亭山是一个大本营
不管出去多久，走得多远
最后都要回归
也随时可以回归
回归到自己
回归到一个人

人不可能像云一样飘

但可以像云那样

时而散,时而聚

人不可能像鸟一样飞

但可以像鸟儿那样

自由地来,自在地去……

请敬亭山原谅我语言的吝啬
——敬亭山组诗之二

记不清几次来看敬亭山
也让敬亭山默默看我

几番冲动，终归于平静
竟然没有为敬亭山多写点什么

我知道，我和它心有灵犀
我已经染上了它的性格

或者可以说，我变成了敬亭山
像山上一片云，像云外的野鹤

是的，关于这座山
我已经不需要再说什么

诗人可以继续歌唱
画家可以继续泼墨

这些都可以理解
只是，也请理解我的沉默

天空可以包容一切

请包容我对敬亭山语言的吝啬

征服
——敬亭山组诗之三

智者大音希声
敬亭山大美不言

狂放不羁的李太白
到这里变得安静了
滔滔不绝的诗人
变得沉默而内敛了

因为他知道，"黄河之水天上来"
是一种诗——征服世界的诗
而"相看两不厌，只有敬亭山"
是另一种诗——征服自己的诗

置身青绿中

置身于翁郁的青绿之中
朦胧雾气抚慰舒爽的鼻尖
伸出手　摸摸自然
仰起头　望望高天
颇有些飘然世外之感
不知名的小花一路灿烂

嶙峋怪石摇荡性情
白雪飞瀑撞击心田
于僻远处　寻觅最美的风景
有鸟儿掠过山岩
炫耀着自由和勇敢

转弯处　蓦见袅袅炊烟
可否在此小住
寻访孤独的思想家
把人生　交谈

花开时节

群芳争奇斗艳时
看花是一种审美

你最喜欢什么花
恐怕回答不一

即如一处处名胜
各有各的名气

不必怪疏忽大意
怨只怨身不由己

好风景令人陶醉
迷失在花山香海里

苍茫

——在龙门石窟之一

我是在看过宾阳洞的回望中
发现龙门的苍茫的——

横架于东西两山之间的龙门桥
作为近景,将远处推得更远

晴也好,阴也好,阴晴之间也好
苍茫是眼前景,指向无际

风也好,雨也好,风雨之后也好
苍茫是心中意,归于淡定

龙门的苍茫是一种高格
苍茫的龙门任世人评说

清丽

清新,秀丽……总之是这一类词语
可用以指称龙门山水的妩媚

沿着伊水边的石板路漫步
最能感受龙门山水的清丽

有别于江南的山、四川的水
这里是中原,难得它如此柔美

尤其在春季,当柳枝飘拂
你心头荡漾的,何止是诗情画意

清丽是龙门看得见的风景线
存入了镜头,存入了记忆

天然
——在龙门石窟之三

龙门风光天然如画
这一点谁都看得出来

它是天造地设的
像一种先验的存在

龙门石窟是雕刻出来的
雕了那么多年，也没有失去天然

东山上，白乐天枕山而眠
那么超然，如羽化而成仙

东西两山是一个整体
而整体看上去，更加天然

精致
——在龙门石窟之四

龙门桥是精致的
伊阙的天然造型是精致的

西山的石窟群是精致的
东山的香山寺和白园是精致的

莲花洞顶端的莲花是精致的
古阳洞里,龙门十九品是精致的

万佛洞每一个微小的佛龛是精致的
奉先寺硕大的卢舍那造像是精致的

精致的龙门使人流连
龙门的精致总让人回味

厚重

——在龙门石窟之五

在这里,由自然的轻进入
艺术的重是不知不觉的
在这里,作为石头的物质之重
与其所承载的精神之重获得了一致

龙门的厚重是无言的,它
不声不响地放在了你的肩上
以至你离开龙门很久
肩上还能感觉到它的重量

深奥

——在龙门石窟之六

我曾多次到过龙门
但一直未能找到
龙门的门径

想必,不是我太肤浅
就是龙门过于深奥吧

彼岸

——在龙门石窟之七

奉先寺是香山寺的彼岸
龙门西山,是龙门东山的彼岸

佛国,是人间的彼岸
想象是现实的彼岸

新世纪曾是人类的彼岸
到达新世纪以后,不知怎的
人类,像失去了彼岸

祥瑞

龙门,因为天然的好名字
成为人们心中的祥瑞之地

人们喜欢去龙门
人们爱上了龙门

有人从龙门回来,获得了好运
有人想去龙门,渴望获得好运

没去过龙门的人向往龙门
去过龙门的人,还想着有机会再去龙门

龙门,快乐之门
龙门,希望之门

大新县风景区随想

大新县的风景,是风景里的风景
我的想象追不上她的现实

一片片咔嚓声,是游客在与风景合影
人之常情嘛,谁不想与风景同在、同美

只是我忽然有点伤感,并且心生疑惑:
像这样,把一群一群的人放进风景之内

是增加了大自然的生动呢
还是给她带来了瑕疵和累赘

因此,当朋友让我与风景合影
我开始脚步迟疑,减少入镜频率

我想,让美就这样独立地美吧
不要过多干扰她,加重她的喘息

"养在深闺人未识"没什么不好
永远原汁原味,那才叫诗意和诗意的栖居

宁明县花山岩画

导游说:花山岩画是个谜
游客叹:花山岩画是个奇迹

与贺兰山岩画遥遥相望
中间隔着几千公里的距离
同为岩画,二者是那么的不同
不同中又有着相似的神秘气息

贺兰山岩画可近距离观赏,甚至触摸
花山岩画则只能乘船在江上远观和仰望
但它们有相同的气质,遒劲的线条千年不衰
还有那相同的方式,具象中蕴含着高度的抽象

从呈现的位置看,花山岩画更不可思议
它附着于一百米、二百米高的悬崖峭壁上
如此鬼斧神工,很难想象是人力所为

以至于看过花山岩画的人,都会思忖:
垂直的崖壁,下面是江水,这符号是怎么弄上去的
古时候没有直升机,即使有直升机,也未必……

走向淀山湖

在阴晦天气
我们未必不能拥有好的心情
譬如今晨,踏着细雨,沐着初夏的微风
我心里不存任何杂念地
向着淀山湖走来
一路别墅、绿荫,路面清净无尘
(令我心头忽地飘过诗人潘洗尘的名字)

来到湖边,沿着伸入水中的观景木台
我走向湖,最大限度地贴近湖水
心情原本就不坏,此刻便由平和
而进一步趋向于好,或者更好
(当然也谈不上很好;因为
毕竟有这阴雨天气的存在)

乌云飘动着。大块大块的乌云
向湖面压下来
它们的颜色深过了湖水的颜色
乌云离湖面这样近,它就在我的头顶盘旋
但我并不惧怕,因为湖水很平静、很开阔

湖水的平静增加着我的平静
湖水的开阔延展着我的开阔

我向着远处,放慢节奏,拖着长腔喊了两声
声音迅即在湖面传开,又慢慢消散

望着湖水的远处,那水天相接之处
从那乌云的缝隙,飞来一只鸥鸟
鸥鸟渐渐变大,我看到
它的翅膀稍有些软,但还是坚韧地
扇动着。鸥鸟在练习飞翔
它的生存方式就是飞翔
即使在这样的阴晦天气
鸥鸟仍在努力地,越来越有劲儿地飞翔着
随即,我看到又一只鸥鸟飞过来
还有第三只、第四只、第五只……
顿时,湖面的上空
形成一股不容忽视的生气和力量
我未曾想到,会有这样的场景出现
或许,这也是大自然的奥妙之一吧

从年画走进朱仙镇

这是生活对艺术的选择
这是艺术对生活的爱慕
汉民族的图景,一幅幅
在绚丽多姿的年画里存储

作为中国木版年画的发源地
朱仙镇流淌出一条色彩的河流
这条河折射出东京的市井繁华
北宋人在年画里度过了多少个春秋

从年画走进朱仙镇
你会发现它风情万种,可感可触
沿着朱仙镇的路径往前走
很快,你看见了杨柳青,看见了桃花坞

万灵古镇

在这里，时间慢了下来
慢到工作之外，现实之外

像一卷有趣的书，等待着
等着安静的心，来把它打开
等着爱护的手，来把它翻阅
打开，眼睛会获得惊喜
翻阅，内心会伴着愉快

往前翻，翻过民国，翻过清朝
放慢脚步，就来到了明代
"明代"，多好的朝代命名啊
让人思绪翻飞，禁不住遐猜——

那是光明的"明"，是一个民族的胸怀
那是清明的"明"，是无数老百姓的期待
那是明天的"明"，明天就是永不失去的未来

来到万物显灵的小镇
时间一下子放慢了节拍

濑溪河静静地流淌
历史的画卷在慢慢地打开

樱花比较论

白樱花多么纯洁
对峙着尘世的污浊
红樱花多么热烈
抗拒着人间的冷漠

论亲疏
洛阳故园的樱花最让我牵挂
论场面
北京玉渊潭的樱花观者如海洋
论时令
大理的樱花开得比较早
论背景
武汉大学的樱花格外不寻常

若论年龄和成色
鹤壁的樱花年轻而出众——
华夏南路绵延十里的樱花让人流连
其形貌之绰约生姿可谓后来居上

樱花与城市互动

鹤壁,你这名字里浸透着

阳刚之美的城市

如今,忽然绽放出妩媚的姿容

尽显多情的阴柔之美

这一刻,看鹤壁多么神气

有了淇河水的晶莹清澈还不够

还要有十里樱花的摇曳和飞舞

尽管花期不长,一年里

也就这么不多几日的登台亮相

却足以让看到这一壮观景象的人

睁大惊奇而艳羡的眼睛

一座为《诗经》奉献过精彩乐章的城市

如今,因为樱花的降临

又一次舒展开青春浪漫的翅膀

我想,樱花一定是被鹤壁的真诚感动了

所以才来到这里,这样优美,这样怒放

这样舞动春风,编织着

可以让人触摸得到的蓝图和梦想

樱花与城市互动

令鹤壁神采飞扬

看吧,画家就要挥笔,为她泼墨

听吧,诗人已经放开了喉咙,在把她歌唱……

在祖国大地上浪漫地行走

白居易的忠州

忠州是巴蔓子的忠州
忠州是秦良玉的忠州
忠州,当然也是白居易的忠州

白居易在忠州
做官不足两年
他在此写下了一百多首诗
与日月高悬

走进忠州白公祠
我不由浮想联翩——

忠州有白公祠
洛阳有白园
全国的白居易祠庙
据说仅此两座
居然都与我发生关联
(我曾在洛阳生活多年,
多次到龙门东山寻古访贤)

两座白祠都留下我的足迹
我能否因此多得些诗的灵感
想与白居易和诗一首
竟突然感到有些惘然

在祖国大地上浪漫地行走

我这样理解天全

天全,多好的名字,意味深长
使人如获天启,收获可谓大而又全

天全,你是天然的原汁原味的画卷
你是风调雨顺、逢凶化吉的安全

你是上天垂青的一方沃土
你是生态和地理上的丰富与完全

你是天下西南之一隅
你是茶马古道的起始与保全

你是二郎山精神的动地感天
你是熊猫生存的悠然、超然、安然、全然

你是局部意义上的天,天是那样的蓝
你是完整意义上的全,呈有限中之无限

你是雅安的天全、四川的天全、西南的天全
你是中国的天全、世界的天全、天下的天全

幸福的天全人啊,请接受我的祝福

你们的任何有益行为,都会得到上天的成全

在祖国大地上浪漫地行走

话说门头沟

潭柘戒台百花
碧水蓝天流霞
学者诗人画家

门头沟里
看景不必说话

京西古道走笔

京西古道，可以追溯到远古
它成于春秋，盛于金元，延续到
明清民国，商旅不绝于途……

一条路，高高低低，要穿越
多少座山梁，连接起多少梦想

一条道，曲曲弯弯，沿途会
设下多少驿站，安顿下几多悲欢

蹄窝深深，佐证着古道的真实
山野静静，呈现主体及周边
环境的完好，如遗世独立超然世外

其实，从古道向东，几十公里外
就是繁华而喧闹的长安街啊

无数条宽阔而平坦的大道
却消除不了人间的坎坷与不平

无尽的财富和飞快的速度
也驱逐不走人的孤寂忧伤和痛苦

人啊人,去京西古道走走吧
古道尚存,而人心却已不古……

京西古道遇马

步入古道不久,在一个茶亭
我就看见了几匹马,它们

被拴在护栏的木桩上
呆呆的,看着或无视过往之人

商机,无处不在的商机啊
但今天,我却打定主意不骑马

骑马游古道,虽潇洒,却有点假
那马像是外在于我,如道具和摆设

而好的状态,应该是人马交融
人不通马语,马不懂人话,但可以沟通

你要饥渴着马的饥渴
你要忧伤着马的忧伤

只有当你成了马的朋友
你才够得上成为马的主人

或抚马而息,屋檐下散淡而居
或打马而去,消融入一片苍茫

金昌印象

陕西有个铜川,宁夏有个银川
再往西,到甘肃,就蹦出了一个金川
(随后,金川和永昌又演变出一个金昌)
这些地名中的金银铜,是否也在一定意义上
说明陕甘宁矿产丰富,并且连成了一片

来到金昌,我眼前金光闪闪
我看见大西北的一颗明珠
我看见了杏花春雨、塞外江南
这座祁连山下的名城
自古便出产名马
(想到此,我仿佛看见骏马奔驰的雄姿)
而稀有镍矿的发现,又是怎样神话般地
催生了一座新城,并且
不断助力,为她插上腾飞的翅膀

还有那些美食呢
还有那些美妙的传说呢
它们都在诱惑着你,环绕着你,使你
穿过岁月的长廊,走上

古代的丝路和今日的金色道路

这时,你的行走一定是那种有力
而又轻快的节奏,伴着古代的驼铃声
和今日贵金属的清脆撞击之音
渐次地,就响起了天籁似的歌唱——
在河西走廊,在金色的昌盛之邦
男人生来粗犷,女人自古漂亮
白天创造业绩,夜晚接连梦想
以双手装点我们的城市
让古凉州从此告别了荒凉……

金川、永昌、金昌
涅槃重生,令人神往而遐想
在这里,神话就是现实
人与自然交融,是一曲恢宏的交响

注:金昌,1981 年建市,辖一区一县,即金川区和永昌县。

阿拉善右旗

来到阿拉善右旗
我心里的诗歌不断产生
像曼德拉山上的石头一样多
而我能够表达出来的诗歌
却很少，像巴丹吉林沙漠里的
绿草，远远满足不了
生命的渴求与生活的需要

去看曼德拉山

仿佛等了很久，等到
这一天，相约阿拉善右旗
去看神秘的曼德拉山
曼德拉山上的岩画
也许，正在等着我的眼睛

看惯了江南烟雨和小桥流水
看惯了人口稠密的东部大平原
看惯了都市的人海与车流
看惯了大海的波浪和远行的帆船

也许前世有约
仿佛突然遇见
曼德拉山的帷幕就这样瞬间拉开
它连连撞击我的视觉
它不断矫正我审美的浅陋与偏见
看吧，它正渐次展露一幅幅
让我禁不住阵阵狂喜的陌生画卷

仿佛电影镜头似的，曼德拉山

推出一个雄浑的整体

一个由一块块石头组成的世界

每块石头都有自己的姿态和容颜

石头的摆放,看起来有些随意

甚至不免有点散乱,但仔细打量

你会觉得一切都那么妥帖、秩序井然

大自然的手多么奇妙有力啊

它让一切所谓的艺术露出了破绽

在此,我还想告诉那些收藏石头

的朋友,快走出

狭隘的天地,快来看曼德拉山

到了这里,你就会明白

曼德拉山,才是天下最大最好的

最天然最丰富的石头博物馆

来吧,朋友

快来看曼德拉山,到了这里

你自然就会明白——

什么是渺小,什么叫壮观

什么是远方,什么叫无限……

曼德拉山的石头

看到

曼德拉山上的

石头,一件件

那样独特

构成了

完美的艺术品

我就在想,我该

如何

摆放我的词语

组合我的句式

我的诗,才能够

不同凡响

清新之歌

山也清新,水也清新
清新在清新的区域里

白天清新,夜晚清新
清新在清新人的生活里

晴也清新,雨也清新
清新在观赏者的眼睛里

冬也清新,夏也清新
清新在向往清新的想象里

昨天清新,今天清新,明天清新
清新在穿越古今的时间里

你也清新,我也清新,他也清新
清新在茫茫人海心有灵犀的追寻里

在祖国大地上浪漫地行走

在清远九龙小镇

这里
风景绝美

但我
还有期待——

在这风景里
希望有你

第三辑

思念如水

沁河，我的母亲之河

沁河,流淌青草气息的蓝色衣带
沁河,勾起童年记忆的甘甜乳汁

流不走的曲曲折折
流不尽的缠缠绵绵

流过一茬茬生命
流出一曲曲悲欢

沁河,我的母亲之河
流走寒冬,流来又一个春天

思念如水

思念如水
看起来平静流淌
却随时可能掀起狂澜
把你从谷底送到峰巅

它是柔软的,也是狂野的
会让你失去理性
不顾一切地奔跑,寻找
哪怕到头来两手空空
什么也没有找到
连影子也没有看到

我寻找我的丢失的母亲
就是这样一个过程
就是这样的一种状态——
一种无助的,乃至于绝望的感觉

不怕你有情,怕就怕——
你的有情,遇到了最大的无情
…………

发黄的照片,成了可握住的珍存

一束文字的小花,聊作心灵的慰藉

和父亲拉手

在我童年的时候
父亲常带我出门，拉着我的手
想起自己当年的顽皮
我就觉得好笑——
为了缠着父亲买一副陆战棋
我竟会有意走丢
无奈的父亲啊，手里拿着
买好的陆战棋，焦急地把我守候

当父亲进入老年
他老人家像是返老还童
这时，我拉着他的手，往前走
我怎能料到啊，走着走着
父亲会突然走丢
而无论我买来什么
慈爱的老父亲啊
再也不能和我聚首……

父亲未经我们同意就走了

父亲,您怎么这样

不经我们同意就走了?

您的几个儿女哪个允许了?

难道您是父亲

就可以这样不讲民主

对儿女行使专断的权力吗?

大儿子同意您走了吗?

他根本不同意!

他和您分居两地

还想陪您多走一些地方

多看一些美景呢

随着年龄的增长

他是越来越理解您了

不料,您却让他"长兄为父"

像把刀子扎在了他的心上

您看他那愧疚的样子

难道,是因为挑不起

您突然撂下的担子吗?

二儿子同意您走了吗？

他完全不同意！

他是唯一留在您身边的儿子

几乎可以天天见到您

以至于不大懂得珍惜

当他醒悟到该要反哺之时

却没有了机会

您是在家里猝然倒下的

老二的心能好受吗？

尽管您是在凌晨出事的，当时

他还在梦里，但是

他会因此而减轻自责吗？

三儿子同意您走了吗？

他绝对不同意！

三个儿子中，数他远走高飞

北大毕业后，又去美国留学

一直读到博士，留在美国工作

您梦见最多的人应该是老三吧

您为了不耽误家乡的事儿

几次放弃去美国探亲

而让母亲一人孤身前往

三儿子为了实现您和他一起畅游异国他乡的梦

已经为您准备好了休闲服、旅游鞋和拐杖

没想到您却提前走了

把深深的遗憾留给了老三

女儿同意您走了吗？
她坚决不同意！
她是您唯一的女儿
就住在离您不远的小城
您帮女儿建好了楼房和院落
而她也为您腾出了一间独立的卧室
等您哪一天走不动了，在她身边安居
您却绝情得连招呼都不打，急急忙忙地
离开您疼爱了几十年的女儿
让她长时间悔恨自责、以泪洗面

父亲，您怎么这样
不经我们同意就走了？
在您之前，母亲就已辞别人间
让我们的家变得残缺
现在，您又和我们永别
我们原来意义上的家
就这样破碎了，远去了……
您曾经答应我们儿女
年三十，我们一大家子
还要在一起吃一次团圆饭呢
您还开玩笑地说
要抱着母亲的照片，和我们照一张全家福

这些再平常不过的愿望
如今却都像梦一样飘远了

父亲，您怎么这样
不经我们同意就走了？
家乡的父老乡亲说
您有一颗出家人那样善良的心
您的生活习惯也是一辈子吃素、不杀生
乡亲们说，您是修成正果
被佛带走了，所以走得那样安详
父亲，您是没有痛苦地走了
却把无尽的思念之痛留给了子女

父亲，您怎么这样
不经我们同意就走了？
我们不想惊动您的安眠
我们只是想要这样问一问
以求得心里的安慰
我们仿佛看见
您在天堂里微笑着，看着您的儿女

您怎么这样
不经我们同意就走了呢
我们慈爱的老——父——亲?!

家乡的神农山

山势又一次朝我斜过来
展现它的路之险、景之奇、色之鲜
鸟群一阵慌乱,一双双翅膀
向着不同的方向,让我遐想

野花纷纷侧过面庞,那含苞的一朵
在这时打开,惊愕的眼神
仿佛已不记得那个
被花刺扎破手指的少年

与一尊巨石或一棵老树相逢
我可以用相拥代替交谈
我不是造访者,回首往事
多年前,我是这山的孩子

我熟悉上山的多条路径
一棵白鹤松旁,我手插衣袋
仰望着远天和山外
这曾是我最习惯的姿势

冷不丁,一只猴子跑过
把我从回忆中惊醒
此刻,有芳香自山崖涌来
我的心,成了灌不满的深谷

在祖国大地上浪漫地行走

以神农山为龙头

老吴说
要以神农山为龙头
以朱载堉、李商隐为两翼
进一步发展沁阳

老吴是书法家
他看到神农山的龙脊
心里就开始运笔了
就开始笔走龙蛇了

在我眼前
神农山飞了起来

反哺

小时候,在农村
常跟着妈妈,到她侍弄的菜地
有时帮助锄草,有时帮着施肥

最喜欢夏天去菜地
可以吃到青绿的黄瓜、泛红的番茄
有时候会凝神猜想
城里人也能吃到这样滴着露珠的蔬菜吗?

长大后,我笑自己小时候的天真
城里的蔬菜市场告诉我
城里人不仅能够吃到时令蔬菜
而且吃到的品种比乡下人多了去了

再后来,科学技术发达了
城里的蔬菜种植园越来越多
让包括我在内的城里人,一年四季
都能够吃到各种各样的新鲜蔬菜

我明白了这样的道理:

工业源于农业,而现在
工业要反哺农业了
城市源于乡村,而现在
城市要反哺乡村了

在现代化蔬菜种植园
我这个来自农村的城里人
向园丁弯腰,向土地伸出手去
我不知道,这双已荒废多年的手
还能不能触摸到事物的根本

写春联的少年

写春联的我
是在实现一种穿越
可以瞬间跌回从前
看见一位写春联的少年

年三十,年的气氛多浓啊
一大早,一家人就忙活开了
父亲在忙祭祀
母亲在忙着包饺子
几个孩子在忙着玩耍

一会儿,父亲叫住一个孩子
告诉他该写春联了
不仅要写自家的
还要给两个伯父家写
还要给大爷和五爷家写

少年收住玩性,准备写春联
这活儿原来是父亲的
父亲传给他以后

就退居幕后变为督导角色了

少年很快干了起来
从上午写到下午
春联铺了满满的一地
他颇有一种成就感
不仅抄写农历书上的春联
而且还学着改编甚至创作了部分春联
父亲嘴上不说,而内心是欢喜的

当年那个少年,就是今天的我
如今,我在这个大都市里重操旧业
像是在寻找那些丢失的岁月
而敬爱的父亲,仿佛就站在我的面前

福字的写法

我发现,在书法里
福字的写法各有不同
这喻示着幸福也是多种多样的

比如,有的福字像一个蛋糕
有的福字像一坛酒
有的写得饱满,有的又留有余地

我觉得,人们所要的幸福
不会仅停留在字面,而是会
深入内心,而后又外化为各种形式

我书写的幸福,只是
幸福的很微小的一部分
但至少对我而言,它是有意义的

一个军人妻子的札记

亲子

你爸爸出门了
把他的影子留了下来
陪伴我

记梦

蓝天　桃花盛开
一支队伍向我走来
却怎么也走不近

远山后面
升起一股硝烟

思念

望星空
迷人而烦人的星空啊

夫归

船儿靠岸
泊在　不冻的港湾

一阵阵潮水　向我涌来……

直把襄阳作故乡

襄阳不是我的故乡
我是把襄阳认作故乡的

如果从西南来，穿过
巴山夜雨的阻隔，便会
抵达襄阳，而到了襄阳
我的故乡已经在望
我的老乡杜甫说得真好——
便下襄阳向洛阳
——不仅仅是地理上的便捷
更有心理上的轻快啊
襄阳，是我进入故乡的一条路径
也是我进入故乡的一种方式
无论身在何处，道路有何不畅
想起襄阳，心里便有了希望
这是一条洒满阳光的路
这是一条可以放歌、可以纵酒的路
啊，襄阳，不是故乡，宛如故乡

沿着王维的诗句

也能到达故乡

江流天地外,山色有无中

烟波浩渺中,我不会迷失故乡

水光接天里,我进入诗意的故乡

我在一个动词里进入故乡

我在一片桨声里进入故乡

那里一段城墙,莫不是

我儿时玩耍过的地方

那江边清水湾,莫不是

我和小伙伴游泳嬉戏的地方

有时,我随本家大哥捉泥鳅

享受野游、野餐的乐趣

有时,我跟着叔叔江边垂钓

听他讲山里山外的故事

长大后漂泊,故乡变得遥远

偶然走进襄阳

宛如走进了故乡……

穿过地域的故乡,走进精神的故乡

打通身心,进入诗意的故乡

襄阳是一本书,打开它

我们追寻人类文明的故乡

在古隆中,我们思考

要不要放弃智慧

在鹿门山,我们放慢节奏

尘世的步履,能否到达梦中的天堂

襄阳,曾经是出发的地方
襄阳,曾经是徜徉的地方
一句襄阳好风日
道出我们心中
永久的依恋,永远的回望

大雪中的故乡

——观西多罗夫"故乡"主题画展

这么多色彩,白是主色,白雪茫茫
这不奇怪,俄罗斯的冬季啊多么漫长
人们在屋子里吃饭睡觉沉默絮叨
偶尔走出庭院,把自然和世界张望

河流蜿蜒,看不见冰冻下的流淌
树木和道路反射太阳的光芒
人和狗分享着孤独与宁静
马拉的雪橇又要出发,去向远方

远方有什么,有你想要的一切
比物质更多的是人的心智和欲望
收获满满时,可否想想亏损的月亮
一贫如洗时,可否唱一首歌,回到故乡

太阳和月亮，远方与故乡

太阳是你的远方
月亮是我的故乡

多少个盲人在呼唤着自己的太阳
多少个诗人在追逐李白或张若虚的月亮

诗歌的太阳,点燃一代代
少男少女走向远方的激情与渴望
诗歌的月亮,想要擦去
天涯游子脸上的疲惫和忧伤,伴他们回到家乡

悼同学阿勇

难忘你青春年少,英姿勃发
你的军人父亲塑造了你
当时,我曾想,假如,日后
你也成了一名军人,那就
正好应了你家乡的地名:修武
同时也显示了你名字的内涵:勇猛

命运让我们成了大学同学
多少次课堂讨论,谈笑风生
也曾同居一室,伴窗外明月入梦
你是个开朗活泼的兄弟,但有时
也会流露一丝忧郁的气质,像个诗人

未承想,四年同窗后天各一方
我激情参军,成了一名炮兵
你却冷静地坐上了公务员的板凳
你曾于我毕业簿上留言,说我的高射炮
会增加人的安全感,尤其像你这样瘦骨伶仃的
你两度受命来到我的也是李商隐的家乡任职
与父老乡亲共饮沁河水

与沁阳儿女一道开发神农山美景
而我远离故土,辗转他乡
后来栖落在早年向往的一家刊物
为他人作嫁衣,做一些附庸风雅的事情

噩耗飞来,如晴天响雷
老同学,我不敢相信它的发生!
你空出的岗位,很快会有人补上
但一个妻子缺失的丈夫谁来补
一个女儿缺失的父亲又有谁可以代替
还有那么多你的老同学,都还在
期待着与你的被错过了一次又一次的聚会

亲爱的同学,鲁莽的阿勇
神农山吞噬了你的身影和足迹
也许,你已化作神农山上的一棵树
不知道哪一天,我们还会再一次相遇……

悼师弟刘某

亲爱的师弟
你太会开玩笑了
我们绝对想不到
你会让我们
在你的这个年龄段来到
生死交界的地方把你送别
送上一束束白色的花

师弟,也许上苍
也在嫉妒你
才华的出众和品质的优良
让你倒在了
开学第一天的岗位上

师弟啊师弟
你的弦绷得太紧,过于劳累
那好吧,你就躺下来,好好地
休息一下,调整调整你的身体状态

当你充分休眠之后

你或许会涅槃为新的形象

向着那一个无法预知的目标

再一次,再一次地出发

晶莹的，闪着光芒的雨滴

——怀念诗人李小雨

你来到人间,那么平凡
就像自然界的一株草,一棵树
然而,你又那么可贵
你是供给这个世界的雨水

你的军人父亲诞生了你
随后你也成了一名军人
你做了部队的卫生员
走在这个队伍里,那么神气

你的诗人父亲创造了你
随后你也成了一位诗人
你踏着父辈的足迹前进
用诗歌的语言寻找着真理

从最初拥抱生活的《采药行》
到自我宣言式的《小雨》《红纱巾》
你找到了自己,完成着自己
一个诗人,走进无数读者的心里

工作中，你是我的老师
生活里，我是你的弟弟
但是，我更愿意称呼你为诗人
即使你走了，还有你活着的诗句

你来到人间，仿佛带着使命
如今，你融进了江河，滋润着土地
在你身后，是一片茂密的丛林
在我们眼里，有无数滴闪烁着光芒的小雨

今夜星光灿烂

——怀念一个人

一个诗人、作家

他走了,在夜里,凌晨二时

恍惚间,听得他告别红尘

打马去了遥远的地方

是夜星光灿烂,耳边似传来山间铃响

远行的人啊,天知道,

他是否会把吴王金戈越王剑带上

想其风华正茂时

有《孔雀》那样的浪漫与绚丽

也有《鹰群》般勇敢的翱翔与搏击

后来,有《雪山杜鹃》的委婉弹奏

也有《阳光,谁也不能垄断》的激切呼声

有《去年冬天》的漫漫等待

也有抒写时代与人生转折的《曙光》

终其一生,他深爱自己的国家

他就是以创作回应时代,以作品

赢得了读者,令许多人伤感

并深深怀念的诗人和作家——白桦

大别山想他,淮河水想他

家乡的人民想他

他终于有时间了——回家

金东区公民艾青

如果往大处、往高处说的话
我们可以这样称呼他——
著名诗人艾青
人民诗人艾青
经典的艾青,伟大的艾青
中国的艾青,世界的艾青
乃至可以说:人类的艾青
——这些都不是夸大

当然,我们也可以从小处去看
从具体的地方去说
我们可以这样界定他——
一个地主的儿子艾青
被保姆大堰河养大了的艾青
艾轩的父亲艾青
高瑛的丈夫艾青
——这是艾青家庭、出身方面的
信息,也毋庸置疑

而此时,我又听到另一种声音

（它独特、执着，不容拒绝）
这是来自艾青故乡的申请——
把艾青，唤作金东区的艾青吧！

四海为家的诗人应该归来了
长期漂泊的孩子应该回家了
金东区想念他啊，精心地
为他修建并不断完善着故居

以故居的名义，把艾青
迎回这里，定然合他心意
让他从小熟悉的环境重现眼前
把他创造的作品都摆放在里面
他所有的亲人，可以来这里看他
普天下的诗人，都可以到此访问他

远离了都市的喧闹与污浊
他在自家宅院里清静地酣睡
亲吻这土地，呼吸这清新空气
听着家乡方音，看着家乡的新人
他一定舒心，脸上也少了皱纹

就这样称呼吧：金东区的艾青！
当年，艾青就是从这里出发
把诗和自由的种子撒向大地

如今他在此安眠，完全合乎情理

艾青，金东区的最大风景
艾青，金东区的一张名片
他永远是浙江省金华市金东区
引以自豪的一名特殊的公民啊！

战乱与太平

——怀念老舍先生

在曾经的太平湖畔
历史的湖水悄无声息
我内心的湖水，却止不住
一浪高过一浪地翻卷

在战乱年代
谁能够把握住自己的命运
比如，您笔下那个有名的
小人物——人力车夫祥子
他先是车被抢、人被拉去充军
随后于动乱中遭遇三匹骆驼
骆驼又很快离开了他
他却得了个骆驼祥子的绰号
并继续着他那骆驼般的苦力生涯
他拉车挣来的钱被人抢了
穷困的拉车人更加穷困
就连爱他并且嫁给他的虎妞
婚恋中也包含了欺骗捉弄的成分

在太平年代
谁能预料到天空的不测风云
比如先生您，为百姓写作
被尊称为人民艺术家
想不到却被推到了人民的反面
以致没有一点退路
您在战乱中呼唤和追寻太平
想不到在太平岁月
却遭遇这样的自己人与自己人之间
又一次以阶级名义发动的
更加冷酷无情的战争
您无法理解和接受这样的现实
只能学历史上的屈原
以自沉的方式洗刷自己的冤屈

太平湖仍然在我的记忆中流淌
风平浪静，好像什么也不曾发生……

送别诗人李瑛

中国军旅诗第一人,他走了
当年以凄切长调送别总理并因此
与周恩来名字连在一起的诗人走了

作为他身后最珍贵的遗产
他的几十部诗集,聚拢在一起
像扎起的花环,来送别自己的主人

流走了时间留下了诗
——悼李瑛先生

流走了时间留下了诗
这是您给我编选诗集的一个题词
如今,字还在,诗还在,人却不在

您在诗歌里多次抒写北京的春天
现在,北京的春天又一次来了
您却消逝于春的原野,再不回来

九十多岁高龄了,您又活成了孩子
诗龄七十多年,写下的诗歌堆成了山
我仰望和抚摸这诗歌的山,感觉您并未离开

第四辑

岁月是酒

关于习酒的解说

首先,从最一般意义上

我们把习酒一词

看作偏正结构

习酒,就是习水产的酒

习水是它的属地标签

一般人都会这样看的

还有不少酒也是如此

比如泸州老窖、衡水老白干

如果进一步

我们可以把习酒一词

看作动宾结构

作为人

你要习文、习武

当然,也要习酒

在此意义上

习酒是一种行为

也是一个动态过程

习的是技术

习的是文化

习的是性情、胆量、精神……

第三重意义，真好！
习酒是个一语双关的词
中国人喝酒图个吉庆
习酒谐音喜酒
其中自有寓意
而又自然天成
这是习酒的又一妙处

最后一重意义
略有些神秘
但也是显在的
今天我参观了习酒
品尝了刚刚酿出的习酒
借着习酒的酒兴
我就斗胆地说一句
习酒也可以看作国酒
众所周知茅台酒是国酒
而今习酒公司并入了茅台集团
因此，习酒就是今天的国酒
在此意义上，习酒一词
既非偏正结构，也不是动宾关系
而是一个专用名词
当然，需要声明的是

我并不是为习酒做广告
按照习酒的品质和实力
是不需要我的广告的

岁月是酒

所谓岁月如歌、岁月流金
之类的说法
其实都有些糊弄人
甚至是比较肤浅的概括

真正有点意思
或者比较深刻的说法是
岁月是酒
酒的味道才接近岁月的味道

喝过酒吗？品过酒吗？
慢慢品吧，品酒就是在品岁月
因此，天下的酿酒人都在
岁月窖藏上动心思，下功夫

作为人，尤其是男人
是应该喝点酒的
就连谨慎负责的医生
在劝人戒烟时也都说可以适量饮酒

只是,喝了酒以后
有的事情不要去干就是了
比如有这样两句话
司机一杯酒,亲人两行泪

这是诗人叶延滨最有名的句子
但大家都不知道是他写的
能把诗写进岁月写入记忆也就够了
配得上岁月的,除了酒,也就是诗了

高铁的联想

高铁上下车
只在一瞬间……

从秦始皇的车马
到慈禧太后的御驾
过了多少年

从詹天佑的铁路
到现代化高铁
又过了多少年

从前出行比较慢
去远方找一个人不容易

现在又常觉得太快
还没遇见,就担心会失去

汶川十年

汶川，十年前的灾难
是不是已经被时间忘记
该怎样向后人诉说

许多时候，新与旧
并没有明确的界限
我们在重复中享受着春风秋雨
我们在欢乐中欣赏汶川的梨花
啊，洁白的梨花
如雪如仙的梨花
你又一次如期而至
只是我已记不清
你是多少次盛开
我茫然地快乐，只是
再也不能在茫然中回到从前

如果，一次新的诞生
要以灾难为前提
我们宁愿不要这新生
如果一场巨变

要以涅槃来呈现

我们宁可选择不变

我们愿意在不变中延续祥和

我们愿意慢慢地走——

慢慢享受,慢慢变老

一切不快,无论是情绪上的

还是时间或速度上的

我们都能承受

只要是自然的更替,只要

在又一次汶川梨花盛开时

依然能看到亲人不变的笑脸

在海上航行我们常常缺乏经验

话说回来,即使有一些经验

我们怎能应对我们无法抗拒的风暴

我们可以承受一次次的必然

我们却无法承受

如此巨大凶险的偶然

逝者如落叶,我们悲

柔条舞动于芳春,我们喜

春风,春鸟,春雨,春花

看我中华大地多锦绣

多少美景在默默地神秘地呈现

在川西北,我看到了新的汶川
我看到的美,已不是简单的画卷
我看到满山的桃花
我看到遍野的油菜花
我看到仿佛没有阴云的脸
我看到天空中从未有过的蓝——

那是承载着
昨天的单纯和明天的斑斓的蓝
那是风雨后的人们
承受着刷新的痛苦
大手笔地抒写着今天历史的蓝

秋叶飘

阳光失去了夏日的暴烈
夜空伸展疏密不一的树冠
心空如天空,宁静悠远

没有人看得见,细流
正在以怎样的形态聚集着
深处的动荡,往往波澜不惊

飞翔的飞翔,沉潜的沉潜
而一些压不住的声音和动作
会在突然间浮出水面,搅乱心跳

回旋是事物常见的方式
无非是最后一片叶子飘落
把我和我的诗歌带入冬天

秋日思绪

秋天是相似的,在许多个地方
它们像水墨泼洒出来的一幅幅画

年复一年,芦苇在风中摇晃
纷飞的花絮叠印着村落的沧桑

爱恨情仇,在谁的旅途盘结
路上行走的,哪些人改变了方向

春天的种子依旧把田野染绿
在黄金般的秋天,谁不会前来收割

当然,无论你品尝怎样的秋果
冬天会如期而至,雪花会从天空飘落

雪赋

不知不觉间,雪无声地飘落
轻吻树梢,滋润小草
以冰凉的手抚摸生命的萌动

天真烂漫的风姿
是雨的另一种形式在舞蹈

迎接的树梢不再干渴
银质的光芒,映出未及凋零的叶子
几多饥渴的心,也获得滋润和安慰

在没有光的夜晚,雪的光芒
将众多回家的脚步引领、照耀

雪中漫步,有时我们会想起
《林海雪原》等文艺作品中的情境
是的,艺术的世界惊险而奇妙
而现实中的雪原、雪夜
有时候简单得多,有时候却又复杂得多

大雪给人们带来了新奇和欢乐
同时也遮盖了许多谎言与丑恶

把看到的一切深埋在心里吧
以向往的童心,在成熟世界的
不确定道路上漂泊、奔跑……

眷恋太多,而永恒太少
寻找的故事没有归宿,只有梦
存活下来,在雪夜童话般蔓延、燃烧

雪使人心胸坦荡,仿佛要超越
茫茫人世,有没有自己都无所谓
甘愿成为天地的一粒粉尘,在尽完责任后
默默离去,开启时空新的轮回

大雪无痕,意味更加深长
脚步深深浅浅,走出错综的诗行

雪的滋味,被多少跋涉者品尝
在雪地,有时候我们想象丰富
有时候脑子里又是一片空白

忘记严寒吧,别放弃寻找
追寻雪一样清纯的境地

追寻的过程就是一种美好

雪中,柴门一扇扇闭合
心扉一扇扇打开
似看见梅的疏影、山花的妖娆

古树与老钟

这棵古树的树龄
比我爷爷的爷爷还要老

在古树插入云空的枝干上
那口悬挂多年的老钟不见了
它曾经无数次敲响
或激越,或沉闷

人们怅然若失
似乎随着老钟的离去
一种见证,已不复存在

而古树仍在
只是身体上的皱纹
更多了一些

只要古树在
就会把生活的阴晴与沧桑
向人诉说

草莓之今昔

想想我们过去吃过的草莓吧

那是大小不一的草莓——
小的像石榴籽儿、小樱桃
大的则宛如成熟的杏和李
也常见形带棱角的不规则草莓
也常见颜色浓淡、深浅不一的草莓
更会不时品尝到
味道不同甚至相去甚远的草莓,它们
有的让人遗憾,有的令人欢喜
仿佛草莓个性鲜明
每一颗都是独特的个体

如今不同了,人们可以按照美的规律
创造草莓了,草莓变得那样匀称
我们不必刻意挑选哪一颗
入眼的都是美,色香味统一

在大型蔬果种植园
我们见证了现代农业的奇迹

我们品尝着现代人的智慧
也在品尝中回味从前的乐趣

将来还会发生什么
这真是不好猜测、难以预计
听到一声招呼,我回过神来
告别整齐生长的草莓,移步向前走去……

新年偶感

外出学习了一段时间
随后是元旦小长假
新年上班第一天
竟有恍若隔世之感

桌上的邮件堆成了山
这倒没什么恐惧的
让人恐惧的是一些事情
又从去年堆到了今年

带弟弟妹妹远行历险记

——代陈馨怡小朋友写的一首诗

我叫陈馨怡,今年十二岁,浙江浦江人……

我是一个不起眼的山村小姑娘

也是个平常又平常的小学生,不过

我的学习成绩还不错,得了不少奖状

挂在家里的墙上,但是

这真的不值得宣扬

世界那么大,我的成绩若是

放到外面的好学生群里

还不得给人家垫底? 所以

我不能局限于我的学校、我的山区

我向往远方的城市、河流、森林、草地……

我的上河村,如今治理得山清水秀

人称"小杭州",还有点古代文化遗存

外面的旅行者,都一群一群地来到这里

看到外面的人,我也生发了去看外面的念头

转眼又一个春节到了,大家欢欢喜喜

今年是猴年

我冷不丁遐想:能否像孙猴子那样

一个筋斗云,十万八千里
把大千世界的精彩看个仔细

想象一百次,不如行动一次
我也没想到自己这一次会这么果断——
说走就走! 我带着弟弟陈翰林,还有
邻家的妹妹陈敏洁,轻轻松松地出发了
这一次,我们想走得远一点,想看看
山上有些什么,山的外面又是怎样的景象
我们三个人在一起,好玩,又不孤单
春节已经过了,趁着还没有开学
我们在一起玩上一天,天黑时返回家
想必大人们也不会担心、责怪吧
——这就是我们出发远行的动机
真的是非常简单,既不荒诞也不离奇

没想到,唉……我们虽然不敢高估
自己的能力,然而我们却低估了
地形的复杂、道路的崎岖
我们迷路了,回不去了
越是着急,越是走不出迷魂圈
原先看上去不高的山
现在却显得那样陡峭,难以攀缘
以前看起来不远的路
现在却好像被谁拉长了,无边无沿

在祖国大地上浪漫地行走

我们像离群无助的三只小鸟
我们像掉进大海里的小船,无法靠岸

渴得不行了,就喝一口小溪里的水
口袋里装着的一点食物早已吃完
弟弟的鞋湿了,妹妹的衣服湿了
天色渐渐昏暗,身冷更觉得衣单
出发前的美好想象,被现实无情地击碎了
遥望浩瀚星空,也许是意识中仅存的一点浪漫
今晚定是回不去了,得找个睡觉的地方
在家被人照顾,现在我要照顾别人了
我让弟弟脱下一件衣服,给邻家妹妹穿上
然后,我和弟弟抱在一起取暖,直到天亮……

我们继续上路,继续找回家的路
我虽然有些懊悔,但我不能灰心
我心里充满了自责,但我更需要负责
脑海里想起一首歌,歌里唱道:
"河水在传唱着祖先的祝福,
保佑漂泊的孩子,找到回家的路。"
是啊,爸爸妈妈会保佑我们
爷爷奶奶、外公外婆会保佑我们
全村的人都会保佑我们
我们三个人不能分开,不能走散
我们要一起找到回家的路,一起和家人团聚

爸爸妈妈要打要骂就由他们去吧
我必须把弟弟妹妹带回去,带回去

什么声音? 啊,是飞机
飞机来找我们了,我们有救了
可是,为什么飞机看不到我们
我们的喊声、我们的招手
它为什么听不见、看不见?
飞机飞来,又飞走了
希望之火刚刚燃起,一转眼又熄灭了
但毕竟多了一种可能
我知道事情闹大了
原先只是我们三个孩子在找
现在是越来越多的人在找
这两种找,什么时候能够碰到一起啊
我曾经恐惧,生存的力量驱除了我的恐惧
我曾经紧张,外界的寻找减轻了我的紧张……

后面的事情大家都知道了,我就不多说了
两天两夜之后,一群救援叔叔发现了我们
把我们久久抱在怀里,然后背在身上往回走
医生早就等在那里,为我们看病、治疗
弟弟受伤最重,成为诊治重点
妹妹的精神头儿还不错,不时天真地回答着人们的提问
我高兴得哭了。有人安慰我,还有人夸我勇敢

他们不知道我的内心,不知道我深深的悔恨

比如,我们要是沿途做上标记该多好啊

这只是一次小小的远行(还根本谈不上探险)

就这样以失败告终,甚至酿成了事故

我是多么轻率、无用,又该多么惭愧啊

待我身体大致恢复,回到家里以后

我看到,越来越多的人来看我

我听着大人们的话,好像是要开导我

怕我情绪上受打击,转不过弯

而我只能默默地、愣愣地坐在那里

听着他们那些似懂非懂的话语

我在想这次历险,备尝了苦难的滋味

幸亏漂泊只是三天

幸亏是有惊而无大险

我们三个人完整地回家了

人人都对我笑,给我温暖

我的心里,生出一层又一层的波澜……

补记:发生于 2016 年 2 月 16 日至 19 日的浦江三个小孩失联事件,给我们上了生动的一课。祝愿三个受到惊吓的小朋友各方面尽快恢复如初,健康快乐地成长!

2016 年 2 月 29 日浦江归来后构思此篇,3 月 2 日完稿于北京团结湖。

在香山回望新诗百年

九月香山,天蓝气爽

适合秋游也适合

对一种叫作新诗的一百岁的事物

做一次百感交集的回望

在香山,我们借助一定的高度

回望新诗的出生成长,潮起潮落

可以寻找一些角度,去发现

过去未曾发现的秘密,去辨识

那一条条河流的来源和走向

一百年的天空,有一百年的辉煌

一百年的天空,有一百年的沧桑

一百年的天空下,有多少形体的舞蹈

一百年的天空下,有多少灵魂的飞翔

一百年的沙滩,留下几多清晰或模糊的脚印

一百年的航行,有发现的欢悦,也有丢失的惆怅

香山,你是否听到我们的诉说
红叶,你是否感受到风雨的无常

我们不求不切实际的和谐与完满
不再渴求论争,也不再奢望矛盾的解决
只求包容的倾听,得到烦躁中的宁静
谢冕说,一个也不能少,来见一面也行
吴思敬说,要开成团结的会,在香山留下温情

更为重要的,也许是一个个愉快的过程
是啊,历史不全由偶然构成,即使在偶然中
也会有必然的逻辑,像远方的星
——星月朦胧,却是在有规律有节奏地运行
而香山上的树叶,风中沙沙作响
又像是冥冥中的呼应和象征

香山集结,回望新诗百年天空
回望之后,还要去赶赴新的路程
此刻,山风阵阵,林木葱茏
像伴奏之乐曲,又像是陪伴的身影

诗如唐诗，诗如林海

在荣昌，有那么多写诗的兄弟
让我宛如置身于诗的天空、诗的土壤

首先要提到的诗人就是唐诗
这家伙本来就姓唐，取唐诗做笔名
可以看出他作诗的胸怀和志向

其次要提到的诗人叫林海
此人本来也就姓林，以林海当笔名
一下子让人联想到了诗的森林和海洋

在荣昌，写诗的朋友真多
他们纵横驰骋，追慕巍巍唐诗之风采
他们笔走龙蛇，描绘茫茫林海般的大气象

那么多诗，是荣昌生活的一扇扇窗口
荣昌的夜空亮了，像唐诗一样璀璨耀眼
荣昌的美景多了，如无边的林海，铺向天边

　　　　　在祖国大地上浪漫地行走

打牌的体验

我发现,这些散淡老人打牌
竟然像我写诗那样专注
而当我上手体验后,又感觉到
写诗,不也常常就像打牌吗——
少不了激情,少不了洒脱,少不了从容!

这样来看人生,有时候
虽然会觉得有些无聊平庸
但有时候,又陡然觉得——
忘记了孤独,忘却了一切
一时超然乎世外,我是多么快乐而且无穷……

左岸就是杨庭安

如果你不知道左岸
你可能会知道杨庭安

如果你不认识杨庭安
我想,你或许认识左岸

左岸就是杨庭安,我的本家老哥
身在大连心怀天下,慈眉善目诗中硬汉

从左岸回望杨庭安,一路
风景频换青春的激情狂放与浪漫

从杨庭安到左岸,褪去杏的青涩
沧桑中瞥见橘的金黄,和秋果满园……

与诗人冬青、阿信在响沙湾

女诗人冬青来自海滨
她身上携带着大海的气息
在响沙湾,当她看到
这另一种形式的金色的海
她禁不住脱去靴子,跳了起来
就像在海边戏水时跳进大海一样
而她内心的激动,则掀起
又一片翻涌的海、舞蹈的海
她欢乐的笑声在沙海回荡
盖过了响沙湾无数颗沙粒的声响

诗人阿信则波澜不惊
他似乎一直安静地伫立沙地
或坐在专为游人设置的座椅上
望着远处出神,抑或思考着什么
他的内心,是一片宁静的海
是啊,他生长在西部,见惯了
各种形式的瀚海,眼前的响沙湾
在他眼里甚至算不上海,充其量
只是一小片精致的风景而已

但他也丝毫没有小瞧响沙湾之意
比如他认为,响沙湾那黄金般的
色彩以及沙子色泽的纯度也还都
是值得称道和炫耀的

我来自京城,傍晚散步
时常看见中南海微波荡漾
岸边柳丝长长,也不时
有歌声飘过耳畔或响自心底
置身于瀚海,我想起了中南海
中南海是唯一的,而响沙湾
也至少可以说是独特的
响沙湾的开阔,和中南海的
雄伟,它们都构成了
我的祖国的美,同时也都构成了
我关于幸福生活的长久回忆……

当岩画遇见范荣南

从此,它的寂寞开始减少
它的神秘帷幕慢慢拉开

而此前,它似乎一直在沉睡
陪伴它的是风雨吹打和阳光曝晒
偶尔有牛羊骆驼,靠近又走开
艺术的舞姿,没有打动被模仿者

多少年过去,这一天来临
石头醒来,感受到抚摸温存
不再对牛弹琴,不再任由盗取
被请进艺术殿堂,迎无数人访问

有旅游者、摄影者、探宝者
甚至有异国的神秘访客出现
当然,岩画也迎来一批批诗人
为它的古朴深沉与博大竞献诗篇

而范荣南收获更大,他说——
有整个巴丹吉林岩画做伴

范某其乐无穷,此生不再孤单

注:范荣南,阿拉善右旗文物局局长,在巴丹吉林岩画的发现、保存与传播方面做出了重要贡献。

乡村小提琴制作师

小提琴是洋货
我从不怀疑它产于西方,源自异国

可是,自从我的脚步走进重庆荣昌县
确切地说,是走进荣昌县何木匠的寓所

我的观点不能不发生改变
原来,小提琴也可以产在中国

而且,不是在中国繁华的都市
而是在中国相对偏僻的西南角落

何木匠的手,那么灵巧、粗糙
一个木匠的手,本来就是粗糙而灵巧

何木匠的手,又是粗犷中的细腻
美妙的琴音,就从这手上悠悠地流过

他培育自己的树,取树上之材
把更适合肌肤亲吻的小提琴造了出来

这样的乐器,不仅适合中国小提琴手
世界各地的行家,也都赞誉他的天才

何氏庭院,何氏楼
就是何氏小提琴的厂房和展台

何氏小提琴,称得上独一无二
洋货只是其外表,内里是中国气派

何氏小提琴的价格在走高,且供不应求
即使你很有钱,也得问一声何木匠:卖不卖?

在祖国大地上浪漫地行走

遂昌村姑

深秋,我到浙江遂昌参加诗会
遂昌属丽水,但在龙游站下车最近
到龙游站接我的人,她姓陈
这是一个朴实而又开朗的女人

我问她,你是本地诗人?
她说,俺是农民,不是诗人
我说,你也别太低调了
现在城里人写诗遇到不少问题
就靠农民诗人创造奇迹了
她笑了,笑得很甜,很灿烂
两眼放射出一种特别动人的光泽

我又问她
你平时主要做什么
她说,也没做什么
她想了想又说
噢,俺种葡萄呢
俺种的葡萄还挺好的
不过这个时候吃不到了

我发现,她的发光的眼睛

宛如晶莹透亮的葡萄

看她那骄傲的眼神

分明就像一个自信的诗人

而葡萄也许是她最满意的作品

好人张庆和

张庆和先生已近古稀之年
但他的风采还一如从前

他像白杨树那样挺拔
他像柳枝那样舒展
他还像当年入伍时那样年轻
又像是经霜的枫叶,格外灿烂
他就像一首简洁而优美的诗
这首诗有风骨,清瘦而又饱满

一天又一天,一年又一年
张庆和把生活过成了一首诗
又把诗的温馨和浪漫
源源不断地
输送到他的朋友身边
给朋友们带来了
茶的清香、花的梦幻
酒一样醇厚的友谊
以及阳光般的敞亮和温暖

毫无疑问,张庆和先生

会把人生的诗一直写下去

因为,这已经成了他的习惯

在这惬意而自如的挥洒中

人的有限生命

获得了无限的延伸和拓展

赠庆和先生

纵千言万语,写不尽
您的风采和美德,不如
浓缩为两句——

庆云初升日
和风恰至时

显然,庆和二字已嵌入其中
上联仄起仄落
下联平起平收
庆有和,云遇风
初升之日,恰至当时

我得意于心生此联
它简洁含蓄,读来悦耳
且有喜庆怡人画面浮现眼前

拟将此联写成书法相赠
岁次己亥年孟春时节
杨志学撰并书,敬呈张庆和先生

一副联,一首诗,一幅字,
一颗心,一片情而已

在祖国大地上浪漫地行走

赠庆辉兄弟

刚刚写了庆和
禁不住又想写写庆辉

看名字像是一对兄弟
其实,您二人素昧平生
只是因我而在此发生关系

赞了庆和,也要夸夸庆辉
待遇一样吧,万语千言
浓缩为两句——

春回大地,天人共庆
光耀长空,日月同辉

如此,庆辉二字已嵌入其中
虽词语略显俗套
然对仗平仄皆好,且喜气洋溢
大地对长空,天人对日月
光耀缘春回,共庆而同辉

我欣喜于偶得此联
它通俗而有寓意
以宇宙大意象,烘托太平盛景

拟将此联写成书法
岁次己亥之春
杨志学书赠王庆辉兄弟斧正

巴丹吉林岩画：羊与犬

草滩上，几只羊
在安闲地怡然自得地吃草
已经吃得差不多了
一只羊，在向着远处张望
又一只羊，在享受太阳的照耀

啊，这个时候
如果不是一只猎犬
从草丛中快速地跳出
把一只羊的后腿撕咬，那么
这个世界，该是多么美好……

巴丹吉林岩画：猎盘羊

羊是丰满的
羊是温驯的
羊是美味的

羊自古就是人猎食的对象
又常常成为进献的礼物
成为人的财产的象征
所以羊大为美

可惜这个世界
不是由羊的温柔构成的
而常常由虎狼的凶猛所构成

故而人们忽视羊的奉献
羊的牺牲似乎是天经地义的

巴丹吉林岩画：鹿、盘羊与骑者

一只盘羊
在漫步
像个思想家

而一群鹿
在不停地有节奏地奔跑
像运动员，也像诗人

此时，骑马的人
就从羊和鹿的身边走过
他是猎人，是大地上的旅行者

巴丹吉林岩画：骑马出行

一人骑马孤单
众人骑马壮观

一人骑马胆小
众人骑马逍遥

马是人的影子
人是马的朋友

人骑马跨越沟壑
马带人抵达目标

现代人的僵硬和萎缩
也许是从不会骑马开始的

在祖国大地上浪漫地行走

巴丹吉林岩画：人面像

这里的人面
虽然不是
桃花一样的人面
但也不是
与狮身相伴的人面

这是主体的人、大写的人
人已经觉醒
他是世界的中心
世界在他手里
一天天改变模样

静远

——诗人游龙门小记

洛阳,曾经是一代一代的都城
龙门石窟距城二十余里
能僻静到哪里去呢
不过,心远地自偏

不愧是诗人,一踏进龙门
心灵便开始沉淀
你看,雷诗人的脸庞平静安详
韩诗人更加寡言,一个小时没有开腔
谢诗人为避免废话,不停地
把龙门景色往镜头里装
他说,在这里必须沉默,待回家后
再按图索骥地表达、歌唱
邓诗人说,看样子,这里不适合吹笛子
马诗人来这里的次数不如梅诗人多
而他不动声色的程度则超过了后者
杨诗人的嬉笑少了许多,而且比往日低调
吴诗人不再吊儿郎当,开始向高诗人
学习正经……只有黄诗人积习难改
刚走出奉先寺就开始喧哗

还不时说几句粗话

诗人有没有静远之心
回头看其作品便知

雕

——写给龙门石窟

雕进了人的欲望和智慧
雕出了世界的丰富与复杂

雕进了一些朝代的动荡
雕出了一个王朝的强盛

雕来了后世一代代人朝拜的目光
雕来了世界文化遗产的认定

雕出了——
莲花洞的瑰丽、宾阳洞的神奇
和万佛洞的万种变化,更有
奉先寺卢舍那的恢宏气度——
那样的姿势,那样的目光
属于历史,也属于渺远的来世

第五辑

此情可待成追忆

错过

很多次　我们错过
在你每天出现的桥头
在我每天经过的拐角
在你步履匆匆的地方
在我无暇驻足的时刻

一次次错过　一次次折磨
心灵的泉水渴望着
汇一条欢畅流动的河

一次次错过　一次次迷惑
因为现在是春天
而冰川期已过

谁能告诉我
如何摆脱这特定季节里
难耐的寂寞

等待

天地变幻,转眼放晴了
只是,迟迟不见你恢复神采
难道还有什么隐忧
不能被光驱散、被风掩埋?

面对闭锁的花苞
我只有默默等待
我想,开花的时候
花自然会开,人应该会来

恋爱

你，就这样呈现在我的面前
明亮的眼睛，别致的衣衫

望着公园里波动的湖水，沉默
沉默，也难掩内心的慌乱

一些话似有似无
片断而零乱

不知道如何划动小船
不知道让船儿怎样靠岸

阳光下的少女

少女坐在岩石上

身旁是哗哗的溪流

有三三五五观风景的人群

少女温柔少女沉思少女不时欢笑

溅起银色的水花

三三五五的人群正好

衬托她的生动

阳光照耀着　镀亮

她白如水花的肌肤

我看到水从她的手上流过

时间漫过她的脚踝

无边的自然山水画是宁静的

淹没所有的声响包括少女的欢笑

她用力划了一下水流

衣裙下高耸的乳峰颤动

如风中枝头的果实

一个个夏日的姑娘匆匆而过

顷刻消逝如水面打出的水漂

唯有她的美留在那里使人难忘

那时刻　我感到一种深深的痛苦

采蘑菇的大姑娘

（仿歌谣体,献给爱人）

采蘑菇的大姑娘
大大的眼睛辫子长
深秋的头场雪刚刚飘过
雪后的蘑菇啊会是什么样

采蘑菇的大姑娘
她来到高高的山上
积雪的山岭上蘑菇长得旺
一片片一簇簇,散发淡淡的清香

采蘑菇的大姑娘
她的蘑菇啊已经采了一箩筐
她要等心爱的王子前来
把发现和采获的喜悦一同分享

山岭啊寂静又安详
树林里洒下斑驳的阳光
王子的车驾正向着山岭靠近
来迎接浪漫而纯朴的采蘑菇的姑娘

我和西湖的关系

西湖之美,原本是外在于我的
可是,自从二十年前的那一天起
我就和她发生了
密切的关系——

那是我的蜜月之旅
(像许多人那样,我也
未能免俗,到人间天堂去度婚假)
——带着我的西子湖一样的娘子
来看西湖的美,看
美人和美景相互映衬,相得益彰
我们的爱情,自然不是
在西湖边萌发的,但毫无疑问
西湖边,留下了我们长长的满满的足迹
尽管许多足迹覆盖上去了
但我们的足迹,永远不会消失

就这样,我的西湖记忆
很大程度上变成了爱情记忆
每次来看西湖,就是在

重温我的爱,回放我的情

很多次,我是一个人来看西湖

但我并不孤独

——想起当年情景,正是

我们的爱,才使得孤山不孤……

现在,我一个人

轻轻地兴奋地来看西湖

然后,又依依地悄悄地离开

一个人来看西湖,往往印象更深

因为身边似乎一直有另一个人存在

陪伴我,漫步苏堤、白堤

三潭可以印月

我爱的人印在了我的心里

柳浪喜欢闻莺

我最喜欢听恋人当初的笑声……

逝去的风景

在我居室的四周
扎起了一圈篱笆
这是某一天发生的事情
我凝视篱笆　看到
最优秀的竹子站在那里
我感到悲哀

窗外原本是树木　花草
还有一个不大的天然
果园　鸟儿啁啾的王国
绚丽的阳光辐射
构成一片自由的风景
这原本是我最美的寄托啊

可篱笆扰乱了我的视线
这人工制作的篱笆居然
破坏着一种生态

此后　我习惯了
暗夜的生活
歌唱阳光

一段日子

走出办公楼,卸去
一天的负荷。随后
去食堂进晚餐,随后
把小路踱成悠长
路上,黄叶纷飞

张开的夜幕,渐次亮起
一个个方框
我想象人们谈笑的样子
心里涌出一阵
落叶般的悲凉

一棵棵美丽的枫树
都是在梦里生长
梦里有红叶飞出幽谷
飘落在阳光照耀的山冈

1988 年

冬夜

人走了　留下
一座空岛
客居岛上之人
返归故乡了
在一个个熟悉的小屋
做斑斓的童话

秋天的忧郁和伤感
都被雪融化了
只有春天的情绪和希望
在心中勃勃生长

1987 年

登台

一曲终了　冷场
蓦地　谁喊了一声
一阵眩晕
我被 B 和 X
推到台上

我始料不及
目光　灯光
穿透我身上的每一个地方
我骑虎难下了
屏息　望台下众目
眼睛变成了肩膀

诸位
我只好献丑了
也许很幼稚
但这是我的智慧和力量

1987 年

沉陷

真不该越过你的背影
走上梦幻的旅程
简单纯朴的少年心
吃不透感情的风雨阴晴

也不该凝望你的眼睛
灼伤一颗脆弱的心灵
绚丽的蒲公英随风飘去
我目送着手中断线的风筝

更不该记下你的姓名
四月里想着三月的事情
湖畔相逢不都是记忆
岸上的杨柳依旧春风

1986 年

在祖国大地上浪漫地行走

赠 S

度过四年同窗
你走了，带着特有的神采与匆忙
把一缕淡淡的忧虑和祝愿
搁在了我的心上

那一天，意外收到你的来信
信——墙无法阻隔的桥梁，我们
忠实的朋友，它对我讲述着
你那山径般的坎坷
你那烟雾般的迷惘
你那青松般的坚挺
你那小草般的忧伤

信的末尾
复又闪动你迷人的光芒
你透露了命运的转机——
在那个一方寻求种子
一方渴盼土壤的地方
你将被接纳，获得新的方向

我看着窗外,天气晴朗
寥廓天空之下
扇动着鹰的翅膀

1985 年

游戏

上帝
在游戏人类

人类
在游戏自己

月亮

月亮若不在天上
或许她就在水里

如果她也不在水里
我想,她会在你的心里

初恋像梦

初恋是短暂的
短得像是一场梦

初恋是美好的
美得也像是一场梦

记得玫瑰,记得小船
岁月已不再,唯真情永恒

初恋是昨天的做梦
初恋也是今天的梦醒

回望当初的恋人
是岁月胡同里远去的背影
像黎明到来时消逝在远天的星

我承认,我怀疑过真正的爱情
欣慰的是从未怀疑过有价值的人生

譬如,我和诗歌的初恋也像梦境

而这场梦幻,却为何能延续成为永恒

梦已经醒来
醒了,却又好像还在发生
梦一样地常常发生……

午夜开始的激情

午夜开始的激情
一路延续而下
多少人在梦里
多少精彩的事情
被你忽略,却也
无可奈何。好在

白昼来临,那些
被遮蔽的事物
呈现在阳光下
尽管它们,不一定
都能够被你发现,被
每一双眼睛看见……

喀纳斯复活了我的激情

喀纳斯圣洁的水
让我想到爱情

我想象,我和我的爱人
漫步在喀纳斯湖畔的山坡上
回首往事,回味着
我们走过的平淡而充实的人生

说来神奇,在喀纳斯
我和我的爱人
医好了自己
身体多年不适的慢性症
我猛然间觉得
我们其实本没有病
袭扰我们的是一种现代人综合征
一种萎靡或焦虑的人类困境

听,喀纳斯的松林在唱歌
音乐的风,柔软的风
唤醒了大自然许多生灵
也复活了我和她久已失去的激情

威尼斯之恋

——读儿子从威尼斯发来的照片

一片又一片，异域的水
涌流着，吸引了我的眼睛

此刻，你是否站在桥上看风景
你联想到中国的苏州或青岛了吗？
——它们可都是威尼斯的友好之城

与威尼斯友好的，还有伊斯坦布尔
博斯普鲁斯海峡的明珠成了兵家必争
世界上美丽的水城有多少啊
而看过了威尼斯之后
别的众多的水城，似乎都可以看轻

威尼斯的魅力，当然
首先是由水的曲折回环而生
据说，上帝将眼泪流在了这里
才让它更加摇曳多情
漂浮在碧波之上，像一个浪漫的梦

但威尼斯的魅力，又不仅仅是水

比如,欧洲文艺复兴
就与威尼斯的名字紧密联系在一起
仅此一点,别的水城就无可比拟
更何况,威尼斯还是
世界上唯一没有汽车奔跑的城
这一点,别的水城又如何能够抗衡?

威尼斯是"水之都"的代名词
她的别名还有"桥之海""光之城"……
其实,她是"亚得里亚海的女王"——
这个名字才最能烘托她的大气和风情

支撑威尼斯的建筑基石已经显出苍老
威尼斯商人的故事也已经变得陌生
而威尼斯的水在永远地流淌着
迷恋威尼斯的人,会不断赋予她新的生命